KB070836

융합적 사고와 표현

융합적 사고와 표현

1판 1쇄 발행 2022년 2월 21일

지은이 천유철

편집 홍새솔

펴낸곳 하움출판사
펴낸이 문현광

주소 전라북도 군산시 수송로 315 하움출판사
이메일 haum1000@naver.com 홈페이지 haum.kr

ISBN 979-11-6440-932-7 (03800)

좋은 책을 만들겠습니다.
하움출판사는 독자 여러분의 의견에 항상 귀 기울이고 있습니다.

목
차

제1부 글쓰기와 말하기 교육

제1장　**글쓰기와 말하기의 중요성**　*7*
　　　　1. 글쓰기와 말하기의 필요성　*7*
　　　　2. 글쓰기와 말하기의 의미　*9*
　　　　3. 글쓰기와 말하기의 요건　*11*

제2장　**글쓰기의 어법과 규칙**　*15*
　　　　1. 올바른 글쓰기　*15*
　　　　1) 맞춤법과 띄어쓰기　*15*
　　　　2) 적절한 어휘의 선택　*25*
　　　　3) 바른 문장 쓰기　*29*
　　　　4) 문단 구성　*34*
　　　　2. 글쓰기의 형태와 방법　*35*
　　　　1) 설명과 논증　*35*
　　　　2) 묘사와 서사　*42*

제3장　**글쓰기의 절차**　*45*
　　　　1. 주제 선정하기　*45*
　　　　1) 브레인스토밍(Brainstorming)　*46*
　　　　2) 무제한(자유) 연상　*46*
　　　　3) 단어 제시 연상　*46*
　　　　2. 자료수집과 정리하기　*47*
　　　　1) 자료 검색 사이트와 검색 방법　*48*
　　　　2) 인용(단행본, 논문) 방법의 사례　*50*
　　　　3) 직접 인용과 간접 인용의 방법　*51*
　　　　3. 개요 작성하기　*53*
　　　　4. 서론·본론·결론 쓰기　*56*
　　　　5. 퇴고하기　*56*

제4장　**말하기의 원리와 방법**　*58*
　　　　1. 올바른 말하기　*58*
　　　　1) 말하기 기술　*58*

　　　　2) 말의 수위 조절법 *60*

　　　　3) 좋은 말하기 습관 *61*

　　　　4) 말버릇: 상대에 따른 화법 *62*

　　　　5) 농담과 유머의 효과 *65*

　　2. 말하기의 종류 *68*

　　　　1) 비판과 제안 *68*

　　　　2) 토론의 실제 *70*

　　　　3) 설득의 방법 *75*

　　　　4) 다양한 대화법 *77*

제2부 읽기와 듣기 교육

제1장　읽기의 이해 *83*

　　1. 읽기의 의미 *83*

　　2. 읽기의 과정과 종류 *83*

　　3. 읽기의 단계 *86*

제2장　듣기의 이해 *92*

　　1. 올바른 듣기 *92*

제3부 글쓰기 실제

제1장　학술적 글쓰기 *97*

　　1. 보고서 쓰기 *97*

　　2. 논문 작성 *98*

제2장　실용적 글쓰기 *101*

　　1. 자기소개서 쓰기 *101*

　　2. 이력서 쓰기 *107*

　　3. 인터넷 글쓰기 *108*

　　4. 프레젠테이션 *116*

제3장　자전적 글쓰기 *119*

　　1. 자전적 글쓰기의 이해 *119*

　　　　1) 자아 성찰의 과정 *121*

2) 자전적 글쓰기의 실제 *123*

3) 자전적 소개서 *125*

4) 자전적 시 쓰기 *130*

5) 자전적 소설 쓰기 *133*

2. 자서전 쓰기 *135*

1) 이야기(스토리) 만들기: 사건 연결하기 *135*

2) 사건 배열하기(플롯 만들기): 사건을 구성하기 *136*

3) 주요인물 설정하기 *137*

4) 사건의 배경 설정 *137*

5) 서술자와 시점 확정하기 *139*

6) 어조와 문체 *140*

7) 자전적 일기 쓰기 *141*

제4장 문학적 글쓰기 *144*

1. 문학적 소통방법 *144*

1) 문학적 소통 *144*

2) 패러디(Parody) 기법 *146*

2. 창의적 표현기법 *150*

1) 발상(發想) 끌어내기 *150*

2) 낯설게 표현하기 *152*

제4부 문예창작의 실제

제1장 다양한 문예 창작 *157*

1. 운문 쓰기 *157*

1) 시(詩) *157*

2) 동시(童詩) *160*

3) 시조(時調) *163*

4) 가사(歌辭) *168*

2. 산문 쓰기 *176*

1) 단편 소설(短篇小說) *176*

2) 수필(隨筆) *181*

3) 동화(童話) *194*

제1부

글쓰기와 말하기 교육

1. 글쓰기와 말하기의 필요성

최근, 4차 산업혁명 시대가 도래되어 우리 생활 곳곳에는 인공지능이 자리하게 되었다. 사진 속에 있는 친구를 스스로 찾아내어 태그를 추천해 주는 '페이스북', 휴대전화로 사회 전 분야의 프로그램들을 제공하는 '애플리케이션(application)', 장애물을 스스로 인식해 나는 드론(drone), 시와 소설을 창작해내는 로봇의 등장까지 인공지능 기술은 우리에게 낯설지 않은 기술로 생활에 스며들고 있다.

그렇다면, 이러한 시대에 글쓰기와 말하기는 필요한 것일까? 날이 갈수록 복잡해지고 다원화되는 사회에서 인간의 의사소통 행위가 인공지능의 소통과는 다른 특별한 효용을 지닐 수 있을까? 의문을 가져볼 만한 대목이다. 다가오는 미래에는 인간보다 뛰어난 문해력을 지닌 인공지능 로봇이 등장해 우리 삶의 여러 방면에서 편의를 도모하고, 그야말로 스마트한 세상을 만들어 줄지도 모른다.

그러나 다시 한번 생각해 보자. 미래의 인공지능 로봇이 과연 인간 삶에서 다양하게 펼쳐지는 상황 맥락을 세심하게 살피고, 시시때때로 변하는 인간의 생각과 감정을 그때마다 적절하게 표현할 수 있을까. 또 로봇이 스스로 사고(思考)하여 인간처럼 감정을 품고 산다는 것이 가능할까.

우리는 이미 답을 알고 있다. 그 답은 우리가 글쓰기와 말하기 행위를 지속해야 하는 근거가 된다. 인간의 사고는 형태가 없는 것이라 그것을 자신의 언어로 표현하지 않고서는 그 내용과 의미를 나타낼 수 없다. 이러한 인간의 사고력은 인공지능 로봇으로 대체할 수 없는 인간 고유의 것이다.

‘글쓰기’와 ‘말하기’는 문자언어로 이루어지는 의사소통 행위이다. 이는 인간다운 삶을 추구하고 실현하는 핵심적인 역할이자 수단이다. 특히 오늘날처럼 복잡해지고 다원화되는 사회에서 사람의 생각과 감정을 표현하고 소통하며 공감하는 일은 너무나 절실하다.

한편, 현대사회는 ‘자기표현의 시대’로 특징지어 볼 수 있다. 현대사회에서는 자신의 가치나 존재를 적극적으로 드러내기 위해 수많은 사람이 사회적 소통행위로써 글쓰기를 선호한다. 구체적으로 페이스북, 인스타그램, 트위터, 카카오스토리 등의 SNS(Social Network Service)를 통해 활발한 의사소통을 시도한다. 이는 SNS가 일종의 글쓰기 방식으로 활용되고 있음을 보여준다. 어떤 사람은 하나의 방식을 선호하고, 또 어떤 사람은 서너 가지 방식으로 끊임없이 소통한다. 이러한 글쓰기를 통한 의사소통 방식은 순간순간에 떠오르는 생각과 감정을 다중에게 공유하고, 때로는 사회적 이슈에 대한 반응을 신속하고 민감하게 끌어내는 것을 가능하게 한다. 더구나 다양한 매체를 이용하여 즉각적으로 자기 생각이나 느낌을 드러낼 수 있다는 장점으로 글쓰기는 그 어느 때보다도 활발하게 이루어지고 있다.

물론 이러한 방식의 글쓰기 대다수는 줄임말이나 요약적으로 제시되는 텍스트로 의사소통을 진행하며 그에 따른 단점을 드러내기도 한다. 글쓰기에서는 자음, 모음만으로 혹은 단어 형태의 해시태그와 단어로 끝내면서 자신을 생각을 논리적·구체적으로 표현하는 데 한계를 드러낸다. 또한, 단문의 글만 쓰고 읽음으로써 상대적으로 장문을 쓰는 문장력과 읽을 수 있는 집중력을 약화시키기도 한다. 이는 과도하게 경제성만을 고려한 표현 방식의 부작용이다.

그러나 이와 별개로, 자기표현의 중요성이 대두되면서 의사소통을 효과적으로 수행할 능력을 길러야 한다는 사회적 요구는 늘어나고 있다. 시대의 흐름과 추세를 고려할 때, 글쓰기를 통해 의사소통 능력을 갖추는 일은 그 어느 때보다도 중요해진 것이다.

글쓰기와 말하기 교육

2. 글쓰기와 말하기의 의미

언어를 통한 의사소통은 인간의 기본적인 삶의 방식이다. 인간은 누구나 태어나서 타인의 말을 듣고 말하는 학습 과정을 거쳐왔다. 이와 더불어 시청각 능력과 도형인지 능력을 갖추면서 문자를 통해 의사소통하는 방법을 체득해왔다. 그 과정에서 타인에게 자기 생각을 말과 글로 전달하고 교류하며, 타자의 생각과 지식, 인격 등을 이해해 온 것이다. 이렇듯 언어는 인간의 정신을 구성하고 사회성과 개인의 정체성을 결정지었다.

우리가 살아가면서 경험하는 것들은 그저 흘러가는 것이 아닌 우리의 의식 속에 쌓여 있다가 필요한 순간마다 언어화된다. 언어로 재현된 경험은 구체화되고, 다른 정보나 기억과 결합하여 지식으로 축적된다. 그리고 개인의 경험은 말이나 글을 통해 타인과 교류되고 상호 검증이 거쳐 사회적 소통으로 이어지고 사회적 차원의 인식으로 거듭나게 되는 것이다.

언어화에 앞서 사람은 누구나 사고(思考)를 한다. 인간의 소통 과정에서 소통에 앞서 선행되는 사고는 무형의 것이라 그것을 자신의 언어로 표현하지 않고는 그 내용을 나타낼 수 없다. 이 말은 글쓰기와 말하기가 인간의 사고 표현 수단으로 기능한다는 것을 의미한다.

언어를 통해 생각을 만들고 지식을 구성한다는 측면에서 언어와 사고는 분리된 것이 아니다. 우리는 태어나서 주변 사람들의 말을 무수히 듣고, 그것을 따라 하며 말을 익히고, 글로 배우며 쓰기를 거쳐 읽기의 단계로 나아간다. 그리고 읽음으로써 학습한 내용에 관한 생각을 다시 자기 말 혹은 글로써 발현한다. 이를 도식화하면, 〈듣기→말하기→쓰기→읽기 ⇆ 말하기 혹은 쓰기〉를 형태를 띤다. 이렇듯 사람의 모든 언어 활동(쓰기와 읽기, 말하기와 듣기)은 서로 유기적 연관성을 지녀 상호보완의 기능을 하게 된다.

사람이 태어난 후에 최초의 배움과 이후의 모든 학습은 말하기를 통해 이루어진다. 즉 사람은 말하기를 중심으로 사회화를 한다. 나고 자라면서 가족과 친구, 지인들과 말하기를 통해 사고하고, 그것이 성격과 성향을 구성하는 것이다. 그 과정에서 그들의 언어는 나의 무의식에 영향을 미치고, 말하기 습관(억양, 톤, 비·반언어)의 역할 모델로 작용하기도 한다. 즉 말하기를 통해 우리는 자기 인식과 타인과의 관계 및 타자를 인식하게 된다.

말을 문자로 옮겨놓은 것이 글이고, 글을 음성화한 것이 말이다. 이처럼 글쓰기와 말하기는 긴밀한 관련을 지니지만, 그만큼의 차이도 있다. 요컨대, 글에만 사용하는 표현 방식이 있고, 말에만 쓰이는 표현 방식이 존재한다. 누구나 쉽게 말을 하고 타인과 의사소통을 하지만, 말로 하는 것처럼 유창하게 글을 쓴다는 것은 쉽지 않다. 이는 곧 같은 표현도 말로 표현하는 것과 글로 표현하는 것에 엄연한 차이가 존재함을 의미한다.

그렇다면 말하기와 글쓰기의 차이는 무엇인가. 우리는 말을 통해 의사소통할 때, 청자와 같은 상황과 맥락을 공유한다. 곧 화자는 청자와 같은 공간과 시간을 공유하며, 비·반언어적 수단(몸짓, 표정, 말투, 어조, 속도 등)을 동반하며 소통행위를 한다. 또 화자는 청자의 듣기 반응에 따라 대화의 내용, 수준, 속도 등을 바꾸거나 조절하기도 한다.

그러나 글로 의사소통하는 상황은 사뭇 다르다. 글을 쓰고 읽을 때는 언어 외에 그 어떤 요소도 대화에 개입할 수 없다. 오로지 자기 생각을 고스란히 언어로만 표현해야 한다는 제약이 발생하는 것이다. 특히 불특정 다수를 상대로 글을 쓸 때는 독자의 나이, 성별, 교육 수준, 성향 등을 고려하기 힘든 만큼 그에 걸맞은 글을 쓰기란 매우 어려울 수밖에 없다. 따라서 글을 쓸 때는 글의 목적과 형식에 철저해야 하며, 오해의 소지가 없도록 적절한 어휘의 선택부터 문법적 관계, 문장과 문장 사이의 의미 맥락과 맞춤법까지 주의를 기울여야 한다.

이처럼 글쓰기가 말하기보다 많은 어려움과 제약이 따르지만, 기록성과 보존성을 지닌 문자를 매개로 이루어지는 의사소통 수단이라는 점에서 말하기보다 효과적이다. 즉 말하기는 시·공간의 제약에 따라 일시적·즉흥적으로 이루어지지만, 글쓰기는 다양한 사고와 성찰이 뒤따르고 시·공간적 제약을 뛰어넘는다는 점에서 말하기와는 차이를 지닌다.

그렇다면 우리는 왜 글을 쓰고 말을 하는가. 이는 궁극적으로 자신뿐만 아니라 타인과의 원만한 소통을 목적으로 하기 때문이다. 더 나아가 교양 있는 지식인으로서 삶을 완성하고, 자신이 속한 공동체의 문제를 인지·해결하기 위해 상호 소통하며, 삶의 지혜를 나누어 가짐으로써 완성된 삶을 이룩하기 위해서이다.

3. 글쓰기와 말하기의 요건

글쓰기는 자기의 사고를 글로 옮기는 과정이므로 그것을 적절하게 표현할 어휘의 선택이 요구된다. 그리고 자신의 사고를 논리적으로 펼칠 수 있어야 하며, 글쓰기의 목적에 부합하는 다양한 글쓰기 기술 방식을 익혀야 한다. 이와 같은 글쓰기의 기본 요건에 대한 연습과 훈련이 이어진다면 누구나 자신이 의도하는 좋은 글을 쓸 수 있다.

진정한 글쓰기는 자신의 존재가치를 드러내는 방편으로 활용되고, 타인과 원만한 의사소통을 하기 위한 목적으로 이루어지기도 한다. 나아가 글을 쓰는 과정을 통해 자기 정체성을 발견하거나 지식을 축적, 재생산하기도 한다. 그뿐만 아니라 글쓰기는 사회적 소통에 참여하는 방법이 되기도 한다. 다양한 형식의 글은 사회 구성원들의 생각을 반영할 뿐만 아니라, 그 생각을 변화시키는 데도 영향을 미치기 때문이다. 따라서 글쓰기는 그 자체로 실천적 성격을 지니는 활동임을 인식할 필요가 있다.

하지만 누구나 글을 쓰는 데 어려움을 토로한다. 대개 많은 사람은 글을 잘 쓰는 사람을 향해 선천적인 재능을 타고났다고 한다. 특히 문학적·예술적인 글을 읽으며 필자는 특별한 영감을 얻고 그것을 발현한 것으로 생각한다. 그러나 저명한 작가들은 특별한 영감에 의지하지 않고 끊임없는 습작으로 문장을 만들고 각고의 노력으로 작품을 만든다. 이는 타고난 재주와 상관없이 꾸준한 글쓰기 훈련을 한다면 누구나 글을 잘 쓸 수 있다는 말이기도 하다.

» **'좋은 글'이 갖추어야 할 기본 요건**
   ① 글의 목적이 명확하게 드러나야 한다.
   ② 독자층을 고려하여 기술해야 한다.
   ③ 내용은 진실하고 근거는 타당해야 한다.
   ④ 적절한 어휘를 선택하여 자기 생각을 표현해야 한다.
   ⑤ 어법에 알맞게 서술해야 한다.
   ⑥ 내용의 흐름에 따라 단락 구분을 해야 한다.

상술한 항목 내에서도 '좋은 글'이 갖추어야 할 세부사항을 살필 필요가 있다. 요컨대 글의 목적을 명확히 드러내려면 글을 쓴 동기나 의도를 분명하게 밝혀야 한다. 이는 자신이 의도하거나 목적한 대로 글의 성격과 형식이 결정되기 때문이다. 즉 자신의 주장을 펼치거나 정보 전달에 목적을 둔 글인지, 시간의 경과에 따른 어떤 사건이나 인물의 변화상에 중점을 둔 글인지, 어떤 대상에게 받은 인상적인 느낌을 타인에게 전달하기 위해 쓴 글인지에 따라 글의 기술 방식이 달라진다. 따라서 글쓰기를 통해 활발한 의사소통 과정을 이끌기 위해서는 올바른 글쓰기 습관을 기르고, 좋은 글이 갖추어야 하는 기본적인 사항들을 숙지하여 상황에 따른 다양한 글쓰기 능력을 배양해야 한다.

한편, 글쓰기의 요건처럼 말하기도 그에 따른 기술이 요구된다. 우리는 매일 수많은 관계 속에서 끊임없이 말을 하며 살아간다. 그것은 말하기가 인간의 생존과 직결된 소통 방식이기 때문이다. 그러나 우리는 너무 쉽게,

당연하게 말하기를 해왔으므로 그 중요성을 간과해왔다. 말하기는 언제나 해오던 언어생활이라서 별 자각 없이 행한 행동이었지만, 말하기를 통해 타인과의 갈등이 시작된다는 점을 상기한다면, 말하기의 중요성을 새삼 절감할 수 있다.

» **'좋은 말하기'가 갖추어야 할 기본 요건**
① 말하기 전에 사고해야 한다.
② 청자가 처한 상황과 정보를 인지하며 말해야 한다.
③ 상대의 지향과 나의 지향을 일치시킨다.
④ 상대의 이익을 역지사지 관점에 비추어 말한다.
⑤ 말의 핵심을 정확하게 전달해야 한다.
⑥ 말실수는 그 자리에서 바로잡고 사과한다.
⑦ 인사와 감사의 말은 잊지 않고 행해야 한다.
⑧ 상대방의 의견을 먼저 인정하는 말을 한다.
⑨ 말은 최대한 쉽고, 간결하게 해야 한다.
⑩ 경청을 통해 상대방의 생각을 이해한다.

상술한 항목 내에서도 '좋은 말하기'가 갖추어야 할 세부사항을 살펴보자. 좋은 말하기는 청자와의 소통 속에서 상호 이해와 공감을 통해 이루어진다. 이는 일반적·독단적인 말이 아닌 상대방을 존중하는 사고를 거쳐 발화되는 말에서 시작된다. 말하기는 청자가 수반되어야 가능하므로, 청자의 기분과 상황, 특성을 파악하고, 나의 입장보다는 상대의 입장을 먼저 생각하며 말한다면 양자 간의 말하기는 소기의 목적을 달성할 수 있다. 또한, 말하고자 하는 바의 핵심은 쉽고 정확하며 간결하게 전달해야 한다. 말은 글과 달리 기록되지 않고 즉각적으로 이루어지고 끝나게 된다. 따라서 청자는 화자의 말의 내용을 바로 이해할 수 있어야 하며, 말의 내용이 길어질 때는 핵심을 간결하게 요약하여 강조할 필요가 있다.

한편, 우리는 간혹 말을 하다가 실수를 할 때가 있다. 이때 자신의 실수를 인정하지 않은 채로 시간이 흐른다면 대화를 주고받은 상호 관계에 금이 갈 수도 있다. 말은 현장에서 즉각적으로 이루어지므로, 그 현장에서 실수를 사과하면 대부분 받아들이게 마련이고 그에 따른 앙금도 남기지 않는다. 이는 누구나 말실수를 할 수 있다는 가정이 성립되기 때문이다. 따라서 말실수를 했을 때는 자신의 잘못을 정정하고, 그 자리에서 사과하여 차후에 발생할 수 있는 오해를 키우지 않아야 한다.

마지막으로 '인사'와 '감사'의 말은 반드시 해야 함을 명심해야 한다. 인사는 말하기의 전제조건이다. 상대의 안부를 묻고, 안녕을 바라는 마음을 전하는 것은 상대방에 관한 관심이자 예의이며 관계에 대한 보증이 된다. 친숙한 관계라고 인사의 생략이 빈번해진다면, 자칫 상대에게 좋지 않은 인상을 심어줄 수도 있다.

감사의 말도 매한가지다. 상대방이 호의를 베풀었다면 그에 대한 감사의 말을 전하는 것이 인지상정이다. 어색하거나 겸연쩍다는 이유로 감사의 말을 전하지 못하는 사람도 더러 있다. 그러나 호의에 대한 감사의 마음을 전하지 않는다면, 상대방은 자칫 안하무인이라고 생각할 여지가 있다. 이는 상대방과의 우호적 관계가 무너질 수 있는 사유임을 염두에 두어야 한다.

한 편의 글을 통해 자기 생각과 느낌을 효과적으로 전달하려면 적절한 단어의 선택과 문법에 맞는 표현을 사용해야 한다. 올바른 문장을 쓰는 것은 좋은 글이 갖추어야 할 가장 기본적인 조건이기 때문이다. 언어적 규범을 지키지 않은 글은 독자에게 오해를 불러일으켜 글쓴이의 의도가 제대로 전달되지 않을 수도 있다.

최근처럼 PC, 스마트폰과 같은 매체를 활용한 즉각적인 글쓰기(E-mail, SNS 등)의 생활화에 따른 언어 규범 파괴 현상(이모티콘, 줄임말, 은어, 속어, 구어체 등)은 매우 심각한 지경이다. 따라서 올바른 언어 사용의 생활화는 어느 때보다 우리에게 중요한 과제라고 할 수 있다.

1. 올바른 글쓰기

1) 맞춤법과 띄어쓰기

맞춤법 준수는 글쓰기의 가장 기본이다. 그런데도 자신이 쓰는 글의 오류를 제대로 인지하지 못한 채 잘못된 언어생활을 지속하는 경우가 많다. 아무리 좋은 내용을 담은 글도 부정확한 맞춤법이나 띄어쓰기 오류를 범하면, 글의 가독성이 떨어질 뿐만 아니라 제대로 된 평가를 받기도 어렵다. 따라서 이 절에서는 우리가 자주 틀리는 맞춤법과 띄어쓰기의 몇 가지 사례를 살펴봄으로써 올바른 글쓰기의 바탕을 마련하고자 한다.

가. 한글맞춤법의 실제

① '되-'와 '돼'

'되'와 '돼'는 발음이 비슷하여, 표기할 때 혼동하곤 한다. 하지만 '되'는 기본형 '되다'의 어간인 '되'이고, '돼'는 '되어'의 준말이다. 따라서 글을 쓸 때 혼동된다면 '되어'를 넣어서 말이 되면 '돼'를, 그렇지 않은 경우에는 '되'를 사용하면 되는 것이다.

교수님의 말씀은 언제나 피가 <u>돼</u>고 살이 <u>됀</u>다.

이 문장에서 '돼'가 '되어'의 준말이라는 점을 고려하면, '교수님의 말씀은 언제나 피가 되어고 살이 되언다'라는 것으로 풀이되므로 잘못된 표기임을 쉽게 확인할 수 있다. 따라서 이 문장은 '교수님의 말씀은 언제나 피가 되고 살이 된다.'로 고쳐야 한다.

나를 버리고 그녀가 결혼한다는 사실이 말이 <u>되</u>?
나를 버리고 그녀가 결혼한다는 사실이 말이 <u>돼</u>?

'되'는 '되다'의 어간이므로 홀로 쓰일 수 없다. 따라서 '어간+어미(되+어)'의 형태를 갖추고 있는 '돼'가 단독으로 사용된다.

② '~(으)로서'와 '~(으)로써'

'~(으)로서'는 지위나 신분 또는 자격을 나타내는 데 사용되는 반면, '~(으)로써'는 수단이나 도구를 나타내는 데 사용된다.

그는 <u>애인으로서</u>는 좋으나, <u>남편으로서</u>는 부족한 점이 많다.
<u>가장으로서</u> 나는 가족들을 보해야 한다는 의무감을 지니고 있다.

서로 싸우지 말고 <u>법으로써</u> 문제를 해결하시오.
내 사랑의 마음은 <u>글로써</u> 다 표현하지 못한다.

글쓰기와 말하기 교육

이처럼 '~(으)로서'와 '~(으)로써'는 용례가 다르게 사용되지만, '서'와 '써'는 생략할 수 있다.

③ '부딪치다'와 '부딪히다'

'부딪치다'와 '부딪히다'는 발음이 같아서 잘못 사용하는 경우가 많다. 하지만 '부딪치다'는 능동형인 '부딪다'를 강조하기 위해 강세 접미사인 '-치-'가 결합한 형태로 능동적인 의미로 쓰일 때 사용하고, '부딪히다'는 '부딪다'에 피동 접미사인 '-히-'가 결합한 형태로 피동의 의미로 쓰일 때 사용한다. 그러므로 능동의 의미로 쓰이는 경우 '부딪치다', 피동의 의미로 쓰이는 경우 '부딪히다'를 사용해야 한다.

그녀는 길을 가다 자전거에 <u>부딪쳤다/부딪혔다</u>.

그녀가 길을 가다가 서 있는 자전거에 부딪는 것은 그녀의 능동적인 행위이므로 '부딪치다', 그녀가 길을 가는데 자전거가 와서 그녀에게 부딪는 것은 그녀가 당하는 피동의 의미이므로 '부딪히다'의 형태가 쓰인다.

④ '~이에요'와 '~예요'

받침 있는 체언(명사, 대명사, 수사) 뒤에는 '~이에요', 받침 없는 체언 뒤에는 '~예요'가 사용된다.

그것은 <u>무엇이에요?</u>
저것은 <u>뭐예요?</u>

예문처럼 받침이 있는 체언 '무엇' 뒤에는 '이에요', 받침이 없는 체언인 '뭐' 뒤에는 '예요'를 써야 한다. 다만, 받침이 없는 말 중에서 '아니다'라는 말의 어간 '아니' 뒤에는 '에요'만이 올 수 있다. 즉 '아니예요'는 잘못된 표기이고, '아니에요'가 올바른 표기이다.

⑤ '~율'과 '~률'

'출석율? 출석률? / 출산율? 출산률?' 등의 경우와 같이 '~율'과 '~률'의 사용을 혼동하는 경우가 많다. 하지만 '~율'과 '~률'은 그 용례가 뚜렷하게 구별된다. '~율'은 그 앞에 오는 체언이 모음 혹은 'ㄴ' 받침으로 끝날 때 사용하고, 이를 제외한 경우에는 '~률'을 사용한다.

ㄱ. 이번 대통령 선거의 투표율은 너무 낮았다.

   앞으로 환율전망은 어떤가요?

ㄴ. 천교수의 글쓰기 강의 출석률은 다른 교과목보다 높다.

   천교수가 쓴 드라마는 시청률이 높다.

'~율'과 '~률'의 사용이 혼동될 때는 앞 단어가 모음으로 끝나는지, 또는 'ㄴ' 받침이 붙는지를 살피고, 만약 모음이나 'ㄴ' 받침으로 끝나면 '~율', 그렇지 않으면 '~률'을 사용하면 된다.

» '~량'과 '~양' 그리고 '란'과 '난'

한자어 뒤에는 '량'과 '란'을 고유어나 외래어 뒤에는 '양'과 '난'을 사용한다.

ㄱ. 강수량(降水量) 작업량(作業量) 분량(分量) 노동량(勞動量) 수량(數量)

   구름양 알칼리양 소금양 거품양 벡터양

ㄴ. 독자투고란 광고란 가정통신란

   스포츠난 뉴스난 어린이난

⑥ '나무가지'와 '나뭇가지'

'나무'와 '가지'를 합쳐서 말을 만들면 '나무가지'가 된다. 하지만 이는 소리 나는 대로 표기하는 우리말 원칙에 비추어 볼 때, [나무까지]라는 소리와 [나무가지]라는 표기가 일치하지 않으므로 '사이시옷'을 넣어 '나뭇가지'로 표기함으로써 표기와 소리를 일치시켜야 한다. '사이시옷'은 다음과 같은 조건에서 넣는다.

ㄱ. 두 단어가 합해져서 하나의 단어가 된 것이되,
ㄴ. 그 두 단어 중 하나는 반드시 순우리말이어야 하며,
ㄷ. 원래에는 없었던 된소리가 나거나 'ㄴ' 소리가 덧나는 경우

예를 들면,

해(순우리말) + 볕(순우리말) = 햇볕([해뼫]) : 된소리로 발음되는 경우
* 햇님(X) → 해님(O): 명사 합성어의 경우에만 '사이시옷' 적용, 접사 '님'과
  결합한 파생어에는 '사이시옷' 넣지 않음.
비(순우리말) + 물(순우리말) = 빗물([빈물]) : 'ㄴ' 소리가 덧나는 경우
등교(한자어) + 길(순우리말) = 등굣길([등교낄]) : 된소리로 발음되는 경우

단, 순우리말이 아닌 한자어와 한자어의 결합으로 이루어진 단어들 가운데 다음의 단어들은 '사이시옷'을 넣는다는 점을 유의해야 한다.

곳간 셋방 숫자 찻간 툇간 횟수
* 전셋방(X) → 전세방(O), 전셋집(X) → 전셋집(O)

⑦ '깨끗이'와 '깨끗히'

'깨끗이'를 써야 할지, '깨끗히'를 써야 할지 혼동되는 경우가 많다. 보통 '~하다'가 붙을 수 있는 말 뒤에는 '~히'가 사용된다. 따라서 '솔직하다 → 솔직히', '고요하다 → 고요히', '분명하다 → 분명히'와 같이 '~하다'가 붙을

수 있는 말 뒤에는 '~히'가 쓰이는 것이다. 하지만 '깨끗이'는 '~하다'가 붙을 수 있는 말임에도 '깨끗히'가 아닌 '깨끗이'로 표기된다. 이는 '~이'가 쓰이는 예외적인 경우이기 때문이다.

⑧ '~던지'와 '~든지'

'~던지'는 과거를 회상하는 의미를, '~든지'는 선택의 의미를 지니고 있는 표현이다. 즉, '~던지'는 과거에 했던 어떠한 일이 지금에 와서 생각해 보니 '이러하다'라는 의미를 드러낼 때 사용하고, '~든지'는 이것과 저것 중에 어떠한 것을 선택해야만 하는 경우에 사용한다.

ㄱ. 어제는 날씨가 얼마나 덥던지 더위 먹는 줄 알았어.
    어제 그와 걸어가던 사람이 그의 부인이래.
ㄴ. 야식을 먹든지 말든지 네 맘대로 해라.
    공부를 하든지 음악을 듣든지 한 가지만 해라.

⑨ '~오'와 '~요'

설명, 의문, 명령, 청유를 의미하는 종결어미로 사용되는 '~오'는 발음이 '~요'로 소리가 나더라도, 원형을 밝혀 '~오'로 표기해야 한다.

이것은 책이요.(X) → 이것은 책이오.(O)
이 책이 당신이 쓴 책이란 말이요?(X) → 이 책이 당신이 쓴 책이란 말이오?(O)
이 책을 읽고 감상문을 작성하시요.(X) → 이 책을 읽고 감상문을 작성하시오.(O)

'~요'의 경우, 어떤 사물이나 사실을 열거할 때 사용되는 연결어미와 종결어미 뒤에 붙어 쓰이는 보조사 두 가지 용례로 사용된다.
첫째, 연결어미 '~요'의 경우에는 보통 '이다' '아니다'의 어간에 붙어 사용된다.

이것은 지폐요, 저것은 동전이요, 또 저것은 돈이다.
이것은 지폐가 아니요, 저것은 동전이 아니요, 또 저것은 돈이 아니다.

둘째, 종결어미 뒤에 붙어 쓰는 보조사 '~요'는 듣는 이를 높이는 뜻을 드러낼 때 사용된다.

어머님, 같이 식사 하시지요.
자, 모두 저기를 보세요.
확실히 그렇군요.
선생님. 저는 그 녀석이 싫어요. 그 이유는 잘 모르겠지만요.

⑩ '~데'와 '~대'

'~데'와 '~대'는 의미상의 차이를 지니기에 분명히 구분하여 사용할 필요가 있다. '~데'는 '~더라'의 뜻으로 화자가 직접 과거에 경험했던 것을 나타낼 때 쓰이며, '~대'는 '~다(고) 해'의 뜻으로 화자가 다른 사람에게 전해 들은 이야기를 전달할 때 쓰인다.

ㄱ. 그 사람 참 똑똑하데.
ㄴ. 그 사람 참 똑똑하대.

'~데'가 쓰인 전자는 '그 사람이 참 똑똑하더라'의 의미로서 화자가 직접 그 사람을 보고 느낀 점을 이야기하는 경우이고, '~대'가 쓰인 후자는 '그 사람이 참 똑똑하다고 해'의 의미로서 화자가 다른 사람에게서 들은 이야기를 누군가에게 전달하는 경우이다.

이밖에 '~던' 뒤에는 다음과 같이 '~데'만 사용될 수 있다는 점에 주의해야 한다.

    ㄷ. 그와 그녀는 <u>이별했다던데</u>.
    ㄹ. 그녀가 많이 <u>아프다던데</u>.

나. 띄어쓰기

한글맞춤법 규정에는 '문장의 각 단어는 띄어 씀을 원칙으로 한다'는 조항이 있다. 즉 단어의 경계를 인지한다면 띄어쓰기는 어렵지 않다. 그런데도 글쓰기에서는 띄어쓰기 오류가 빈번히 발견된다. 이는 단어의 경계가 모호한 경우와 같은 형태가 단어의 자격을 갖추는 경우와 그렇지 않은 경우가 많아서다.

① 조사의 띄어쓰기

조사는 체언 뒤에 붙어 그 말과 다른 말과의 문법적 관계를 표시하거나 그 말의 뜻을 도와주는 역할을 한다. 문장에서 '격조사'는 문법적인 기능을 담당하고, '보조사'는 화자의 태도나 감정 상태를 드러내는 보조적 기능을 담당한다. 한글맞춤법 띄어쓰기 규정에서 조사는 그 앞말에 붙여 쓰는 것을 원칙으로 한다.

네가	너마저	너밖에	너로부터
영웅처럼	영웅으로만	영웅이다	영웅입니다

② 의존명사의 띄어쓰기

의존명사는 독립적으로 사용하지 못하고 다른 말에 의지하여 쓰이는 명사이다. 독립성은 없지만, 명사적 기능을 수행하여 독립된 단어로 취급한다. 따라서 의존명사는 띄어 쓴다.

모르는 <u>것</u>이 약이다.	우린 할 <u>수</u> 있다.
먹을 <u>만큼</u> 먹어라.	네가 정한 <u>바</u>를 알겠다.
그녀가 떠난 <u>지</u> 오래다.	필요한 <u>데</u> 쓰도록 해라.

여기서 주의해야 할 점은 의존 명사와 같은 형태를 취하면서도 조사나 접사 또는 어미 등으로 사용되는 경우에는 붙여 써야 한다는 것이다.

너도 이<u>만큼</u>은 할 수 있어.
공부가 생각<u>만큼</u> 잘되지 않았다.

위의 예문에서는 '만큼'이 체언에 직접 연결되어 조사로 사용되었으므로 붙여 써야 한다.

③ 단위를 나타내는 명사와 수의 띄어쓰기

단위를 나타내는 명사는 다음과 같이 띄어 씀을 원칙으로 한다.

두 개	차 두 대	소 세 마리
옷 두 벌	세 살	연필 두 자루
집 두 채	신 네 켤레	북어 한 쾌

하지만 순서를 나타내는 경우나 숫자와 함께 쓰이는 경우에는 붙여 쓸 수 있다.

제일과십구층　사학년
203동 906호　100원　1000개

수를 적을 때는 '만(萬)' 단위로 띄어 쓴다.

십삼억 사천삼백오십육만 칠천팔백구십육

13억 4356만 7896

④ 고유명사의 띄어쓰기

고유명사는 인명, 지명, 작품명, 사건명 등의 특정 사물의 명칭을 일컫는 말이다. 성명은 사람의 성과 이름은 붙여 쓰고, 호칭어, 관직명 등은 띄어 쓴다. 따라서 성명의 뒤나 앞에 쓰이는 '씨, 선생, 박사' 등의 호칭어와 '장관, 국장, 장군' 등과 같은 관직명은 보통 명사이기 때문에 띄어 쓴다.

김구	천유철	안창호
백범 김구 선생	천유철 씨	안창호 선생

다만, 성과 이름을 구분할 필요가 있을 때는 띄어 쓸 수 있다. 즉, 성과 이름을 붙여 쓸 경우, '독 고탁'과 '독고 탁'의 예처럼 성이 '독'인지 복성인 '독고'인지 혼동될 염려가 있다.

독고탁 / 독고 탁   남궁옥 / 남궁 옥

고유 명사는 단어별로 띄어 쓰는 것이 원칙이지만, 단위별로 띄어 쓰는 것도 허용한다. 여러 개의 단어가 결합해 형성된 고유명사는 단어별로 띄어 쓰면 단어의 뜻이 분명해지는 이점이 있으나, 각 단어가 결합하여 가리키는 하나의 대상이 명확히 파악되지 않는다는 단점도 있다.

한국 대학교 / 한국대학교
한국 대학교 미술 대학 / 한국대학교 미술대학

⑤ 그 밖의 띄어쓰기

두 말을 이어주거나 열거할 때 쓰이는 말들은 다음과 같이 띄어 쓴다.

과장 겸 부장   남한 대 북한
연필, 공책 등이 있다.   키위, 사과, 배 등등

이밖에 단음절로 된 단어가 연이어 나타날 때는 붙여 쓸 수 있다. 한 음절인 단어가 여러 개 이어질 때는 띄어 쓰는 것은 쓰기에 부담을 줄 수 있고, 또 띄어 써 놓아도 읽기에 부담을 주어 의미상으로 한 덩어리가 되는 단어는 붙여 쓸 수 있다.

그 때 그 곳 / 그때 그곳   좀 더 큰 것 / 좀더 큰것
이 말 저 말 / 이말 저말   한 잎 두 잎 / 한잎 두잎

2) 적절한 어휘의 선택

우리는 글을 쓸 때, 자기 생각을 적절하게 표현할 어휘를 찾기 위해 고민한다. 글쓴이의 지식과 경험이 풍부해도, 또 주제에 대해 오래 고민했을지라도 글쓰기 과정에서 이를 적절한 어휘로 표현하지 못하면 글쓴이의 의도를 정확히 전달할 수 없다. 따라서 적절한 어휘를 선택하여 자기 생각을 전달하려면 어휘 구사 능력을 갖춰야 한다. 이를 위해 평소에 많이 읽고(多讀), 많이 생각하고(多商量), 많이 쓰는(多作) 연습이 요구되는 것이다.

가. 단어를 잘못 사용한 경우

글을 쓰다 보면 유사한 의미를 지닌 단어를 구별하지 못하거나 자주 사용하는 단어면서도 그 뜻을 정확히 알지 못하여 잘못 사용할 때가 있다. 이런 실수는 글 전체의 신뢰도를 떨어뜨릴 수 있으므로 적절한 단어의 선

택이 요구된다.

ㄱ. 일본의 식당은 흡연석과 금연석으로 좌석을 <u>구별</u>해 놓는다.

ㄴ. 너의 결정으로 어떤 불행한 일이 <u>유래</u>할지 예측할 수 없다.

ㄷ. 너와 내가 헤어지는 이유는 우리가 생각이 너무 <u>틀리기</u> 때문이야.

ㄹ. 나는 어렸을 때, 유독 <u>주위</u>가 산만한 아이였다.

ㅁ. 그는 화를 참지 못하고 <u>팔뚝</u>을 걷어붙이고 그녀를 따라갔다.

(ㄱ)은 '성질이나 종류에 따라 차이가 난다'는 의미를 지닌 '구별'과 '일정한 기준에 따라 전체를 나눈다'는 의미를 지닌 '구분'의 사전적 의미를 정확하게 파악하지 못하여 단어를 잘못 사용한 경우이다. (ㄱ)은 일본 식당의 좌석을 흡연 여부를 기준으로 나누고 있다는 의미를 지닌 문장이므로 '구별' 대신 '구분'을 사용해야 정확한 의미를 전달할 수 있다.

(ㄴ)에서 쓰인 '유래'는 '어떠한 사물이나 일이 생겨난 바'라는 의미를 지닌 단어이다. 따라서 '유래'는 '원인'의 뜻을 내포한다고 볼 수 있는데, (ㄴ)은 어떠한 사건의 '원인'이 아닌 '결과'에 주목한 문장이다. 따라서 '어떤 결과를 가져오게 한다'는 의미를 지닌 '초래'를 사용하여 '너의 결정으로 어떤 불행한 일이 초래될지 예측할 수 없다.'로 고쳐야 한다.

(ㄷ)은 우리가 일상생활에서 흔히 하는 실수이다. '틀리다'와 '다르다'는 서로 다른 뜻을 지닌 낱말이므로 상황에 따라 구분하여 사용해야 한다. '틀리다'는 '맞다'의 반대말로서 '옳지 않다'의 의미를 지닌 표현이고, '다르다'는 '같다'의 반대말로서 '차이가 있다'의 의미를 지닌 표현이기 때문이다. 따라서 '너와 나는 성격이 틀리다'는 잘못된 표현이며 이는 너와 나는 성격에 차이가 있음을 의미하는 것이므로 '다르다'로 고쳐야 함을 알 수 있다. 만약, '틀리다'와 '다르다'를 잘못 사용하게 될 경우, 듣는 이에게 오해를 불러일으킬 수도 있으므로 이를 명확히 구분하여 사용할 필요가 있다.

(ㄹ)에서 '주의'는 '어떤 한 곳이나 일에 관심을 집중하여 기울인다'는 의

미이고, '주위'는 '어떤 사물이나 사람을 둘러싸고 있는 것'을 의미한다. 따라서 어느 한 곳에 집중하지 못하는 경우를 의미할 때는 '주의'를 사용해야 한다.

(ㅁ)과 같은 표현은 우리가 '어떤 일에 뛰어들어서 적극적으로 일할 태세를 보인다'는 의미를 나타낼 때 흔히 사용하는 관용구이다. 하지만 (ㅂ)의 예처럼 '팔을 걷어붙이다', '팔뚝을 걷어붙이다'라는 표현을 종종 사용하는데, 이는 정확하지 않은 표현이다. 따라서 '윗옷의 양쪽 팔을 꿰는 부분'을 의미하는 '소매'를 걷어붙인다고 표현해야 어떤 일을 본격적으로 하려고 나선다는 의미가 제대로 전달된다.

나. 어휘 간의 호응에 문제가 있는 경우

다음에 제시된 예문들은 한 문장 내에서 함께 사용될 수 없는 어휘들을 사용해 의미 맥락이 매끄럽지 못한 문장들이다. 이 중에는 상반된 의미를 지닌 어휘라서 문장 내에서 호응을 이룰 수 없는 표현임에도 우리가 빈번히 사용하는 표현이므로 세심한 주의가 요구된다.

ㄱ. 과도한 다이어트를 한 까닭인지, 그녀는 신체가 많이 줄었다.
ㄴ. 그는 이번에도 강의를 통해 명품 교수다운 면모를 유감없이 발휘하였다.
ㄷ. 2021년 부동산 가격 상승의 부작용으로, 시장 금리는 하락세로 치닫고 있다.

(ㄱ)에서 '신체'는 줄어들 수 없기 때문에 '줄다'가 아닌 '튼튼하다', '허약하다' 등의 어휘와 함께 쓰는 것이 더 자연스럽다. 만약 이 문장에서 '줄다'라는 어휘를 쓴다면, '몸'이나 '체중' 등의 어휘와 함께 사용하는 것이 적합하다.

(ㄴ)은 '면모를 유감없이 발휘하였다'는 표현이 문제가 된다. '면모'는 '어떠한 사물이나 현상의 상태나 겉모습'을 뜻하는 말이기 때문에 '발휘하

였다'는 표현과 어울리지 않는다. '발휘하다'는 '지니고 있는 재능이나 역량 등을 떨쳐 드러낸다'는 의미로서 '능력'이나 '실력' 등의 어휘와 함께 사용하는 것이 적합하다. 따라서 이 문장은 '면모를 보여주었다' 혹은 '실력을 발휘하였다'라고 고치는 것이 더 자연스럽다.

(ㄷ)은 '물가나 시세 등이 떨어지는 추세'를 뜻하는 '하락세'가 '치닫고 있다'라는 서술어와 호응하지 않는다는 문제가 있다. '치닫다'는 '아래에서 위로 달려 올라가다'라는 의미를 지녀서 '하락세'와 어울리지 않는다. 따라서 이 문장은 '하락세를 보이고 있다'는 표현 등으로 바꾸는 것이 적합하다.

다. 의미가 중복되어 문제가 되는 경우

글을 쓰다 보면, '역전 앞', '대관령 고개' 등과 같이 의미가 중복되는 단어를 나열하기도 한다. 이는 글쓴이가 자기 생각을 강조하기 위해 동일한 의미를 지니는 어휘를 중언부언 나열하거나, 한자 어휘와 우리말의 의미를 파악하지 못했을 때 나타나는 실수이다. 글쓴이의 생각을 제대로 전달하기 위해서는 정확한 어휘를 선택하여 간결한 문장을 구성하는 것이 더 효율적임을 명심하자.

ㄱ. 이번 공모전에 참여하실 분들은 4월 말까지 원고를 많이 투고해 주시기 바랍니다.

ㄴ. 그가 쓴 시는 예상외로 좋은 호평을 받았다.

ㄷ. 이번 방학에는 외갓집에 가서 신나게 놀고 올거야.

ㄹ. 그는 지난주에 등산 갔다가 발을 헛디뎌 약 십여 군데가량 꿰맸다.

ㅁ. 아침에 마시는 커피가 몸에 좋지 않다는 사실은 근거 없는 낭설이다.

(ㄱ)은 '원고를 투고하다'라는 표현이 의미의 중복을 일으키는 경우이

다. '투고(投稿)'라는 단어에 이미 '원고를 써서 보내다'라는 의미를 포함하기에, 이는 '원고를 많이 보내 주시기 바랍니다.' 혹은 '투고해 주시기 바랍니다.'라는 표현으로 고치는 것이 적절하다.

(ㄴ)은 '좋은 호평'이 문제가 된다. '좋게 평하다'라는 의미를 담아낸 '호평(好評)' 앞에 '좋다'는 의미가 반복해서 쓰였기 때문이다. 따라서 이는 '좋은 평가' 혹은 '호평'으로 바꿔주는 것이 자연스럽다.

(ㄷ)은 '외가집'이라는 표현이 잘못되었다. '외가(外家)'라는 단어에 이미 '집'이라는 의미가 내포되어 굳이 '집'을 덧붙여 사용할 필요가 없다.

(ㄹ)에서는 '약 십여 군데가량'에서 중복된 의미의 표현을 찾을 수 있다. '약(約)', '여(餘)'는 모두 '대강 어림짐작한 수량'을 의미하는 것이기에 이들 중 하나의 어휘를 선택하여 사용하는 것이 바람직하다. 따라서 '약 열 군데', 혹은 '십여 군데', '열 군데가량'으로 고쳐 써야 한다.

(ㅁ)은 '근거 없는 낭설'이 문제가 된다. '낭설(浪說)'은 '아무 근거 없이 널리 퍼진 소문'이라는 의미를 지닌 단어이기에 '근거 없는'이라는 어휘를 다시 사용할 필요가 없다. 따라서 '근거 없는 소문이다.' 혹은 '낭설이다'로 고치는 것이 적절하다.

3) 바른 문장 쓰기

문장은 글쓴이의 생각을 드러내는 기본적인 단위이다. 좋은 문장을 쓰려면 일정한 문법 규칙을 토대로 올바른 맞춤법과 띄어쓰기, 적절한 단어의 선택과 이러한 능력들을 문장 내에 문법에 맞게 배열할 수 있어야 한다.

이 절에서는 우리가 흔히 하는 문법적 실수 중에 적절한 조사의 선택, 문장 성분 간의 호응, 수식 관계, 피동문 사용의 문제 등을 살펴 올바른 문장을 쓰는 법을 익히고자 한다.

가. 적절한 조사의 선택

조사는 주로 체언 뒤에 붙어 그 문장 성분의 문법적·의미적 관계를 표시하거나, 글쓴이의 태도나 감정 상태를 드러내 주는 역할을 한다. 조사는 문장 속에서 담당하는 각각의 의미와 기능이 정해져 있기에 이를 올바르게 사용하지 않으면 어색한 문장이 될 수 있다.

의외로 실제 글쓰기에서는 주격조사 '-이/-가'와 보조사 '-은/-는'이 잘못 사용한 경우를 흔히 볼 수 있다.

ㄱ. 시골에 한 <u>나무꾼이</u> 살았는데 그 <u>나무꾼은</u> 늙은 아버지를 극진히 모셨습니다.
ㄴ. 시골에 한 <u>나무꾼은</u> 살았는데 그 <u>나무꾼이</u> 늙은 아버지를 극진히 모셨습니다.

(ㄱ)과 (ㄴ)의 밑줄 친 부분은 주격조사 '이/가'와 보조사 '은/는'이 한 문장 내에서 서로 다른 위치에 사용됨으로써 미묘한 차이를 보인다. 두 문장을 비교해 보면, (ㄱ)이 (ㄴ)보다 훨씬 자연스러운 문장임을 알 수 있다. 이러한 차이를 보이는 이유는 '-은/-는'과 '-이/-가'의 쓰임이 서로 다르기 때문이다. '-이'는 문장에 앞서 제시되지 않은 처음 나오는 대상에게 사용하는 조사이고, '-은'은 이미 제시되었던 대상에게 사용하는 조사이다. 따라서 처음 등장하는 나무꾼에 대해서는 주격조사 '-이'가, 앞서 제시되었던 나무꾼을 지칭하는 경우에는 보조사 '-은'을 사용하는 것이 자연스러운 것이다.

다음은 관형격 조사 '-의'의 사용에 문제가 있는 경우이다.

ㄷ. 나의 기억력은 <u>타에</u> 추종을 불허한다.
ㄹ. <u>나에</u> 살던 고향은 꽃피는 산골이다.

(ㄷ)과 (ㄹ)은 일종의 발음상의 문제라고 할 수 있다. 즉, 관형격 조사 '-의'를 [에]로 발음하는 습관 때문에 잘못 표기하는 경우이다. 하지만 '-에'와 '-의'는 문장의 의미를 기준으로 사용해야 한다는 점을 염두에 두어야

한다. 따라서 (ㄷ)의 의미는 다른 사람이 좇아오는 것을 허용하지 않는다는 의미이기에 '타에 추종'이 아니라 '타의 추종'으로 표기하는 것이 올바르다. 마찬가지로 (ㄹ)의 의미는 내가 살던 고향을 의미하는 것이므로 '나에 고향'이 아니라 '나의 고향'으로 표기해야 한다. 아래의 예문은 조사 '-에'와 '-에게' 사용의 문제이다.

ㅁ. 화단에 가서 꽃에게 물을 좀 주고 오렴.

감정을 나타내는 사람이나 동물을 가리키는 명사인 유정명사 뒤에는 '-에게'가 쓰이고, 감정을 나타내지 못하는 식물이나 무생물을 가리키는 명사인 무정명사 뒤에는 '-에'를 써야 한다. 위의 예문에서 '꽃'은 무정명사이므로 '꽃에'가 올바른 표현이다.

나. 문장 성분들 간의 호응 관계

하나의 문장은 주어, 목적어, 부사어, 서술어 등 여러 문장 성분으로 구성된다. 개별 문장 성분은 독립적으로 존재하는 것이 아닌 다른 문장 성분과의 관계를 통해 그 의미망을 형성한다. 이는 곧 바른 문장 쓰기는 제대로 된 문장 성분의 호응 관계에서부터 출발함을 의미한다. 글쓰기에서 주로 문제가 되는 것은 주어와 서술어의 호응이다.

ㄱ. 그들이 해야 할 일은 내일까지 제출할 과제를 완성한다.
ㄴ. 방학한 지 엊그제 같은데 너무 빨리 가고 있다.
ㄷ. 경기가 어려워질수록 돕는 자세가 더욱 요구된다.

주어와 서술어는 문장을 구성하는 가장 기본적인 요소이므로 두 요소가 호응 관계를 이루지 못하면 어색한 문장이 되기 쉽다. (ㄱ)은 '그들이 해야 할 일은'이라는 주어와 호응하는 서술어를 제대로 갖추지 못한 경우이다.

'완성한다'라는 서술어가 존재하지만, 이는 '우리가'의 짝이지, 문장의 주어인 '우리가 해야 할 일은'의 서술어로 보기는 어렵다. 따라서 '완성해야 한다는 것이다'로 바꿔주어야 제시된 주어와 호응하는 자연스러운 문장이 되는 것이다.

(ㄴ)과 (ㄷ)은 각각 서술어와 호응하는 주어와 목적어가 생략된 경우이다. 따라서 (ㄴ)의 경우, 빨리 가는 것의 주체가 되는 적절한 주어가 필요하며, (ㄷ)의 경우, '돕다'는 목적어가 있어야 하는 타동사이기 때문에 이에 상응하는 목적어가 필요하다. 따라서 위의 두 문장은 '방학한 지 엊그제 같은데 시간이 너무 빨리 가는 것 같다.'와 '경기가 어려워질수록 어려운 이웃을 돕는 자세가 더욱 요구됩니다'로 고쳐야 한다. 다음의 문장들도 문장 성분의 호응 관계에 문제가 있는 예들이다.

ㄹ. 기말고사를 잘 봐야 한다. 왜냐하면 성적이 향상되지 않으면 장학금을 놓치게 된다.
ㅁ. 나는 고등학생 때부터 국문과를 전공하고 싶었다.

(ㄹ)은 이유를 설명해야 하는 접속사 '왜냐하면'을 썼으므로 서술어 또한 이에 호응하는 '~때문이다.'로 고쳐야 한다. 따라서 시험을 잘 봐야 하는 이유를 설명하려면 '왜냐하면 이번에 성적이 향상되지 않으면 장학금을 놓치게 되기 때문이다.'로 고쳐야 앞 문장과도 자연스럽게 호응한다. (ㅁ)은 의미상의 문제로 호응이 이루어지지 않는 경우이다. '국문과'는 서술어 '전공하고 싶었다.'와 의미상 부적절한 호응 관계를 형성하기 때문에 '국문학을'로 고쳐야 한다.

다. 명확한 수식 관계

문장 내에서 수식 관계를 구성할 때는 중의적인 의미로 해석될 여지는 없는지 주의를 기울여야 한다. 하나의 어휘나 어구가 둘 이상의 의미를 지닐 경우, 글쓴이의 의도와는 다르게 문장이 해석될 가능성이 높기 때문이다.

　ㄱ. '그녀의 그림'

위의 예문은 '그녀가 가지고 있는 그림', '그녀를 그린 그림', '그녀가 그린 그림'의 세 가지 의미로 해석할 수 있다. 이처럼 동일 어구가 여러 의미로 받아들여질 수도 있기에 문장을 서술할 때는 수식 관계를 따져가며 명확한 의미전달을 할 수 있어야 한다. 다음은 문장의 수식 구조로 인해 중의성이 나타나는 경우이다.

　ㄴ. 나는 어제 나와 고향이 같은 친구의 누나를 만났다.
　　→ 나는 어제 친구의 누나를 만났는데, 그 친구는 나와 고향이 같다.
　　→ 나는 어제 친구의 누나를 만났는데, 그 누나는 나와 고향이 같다.
　ㄷ. 어여쁜 새들의 노래 소리가 들려온다.
　　→ 새들의 아름다운 노래 소리가 들려온다.
　　→ 어여쁜 새들이 부르는 노래 소리가 들려온다.

(ㄴ)은 '고향이 같은'이 '친구'를 수식하는 경우와 '친구의 누나'를 수식하는 경우에 따라 의미가 달리 해석되고 (ㄷ)은 '어여쁜'이 '새들'을 수식하는 경우와 '새들의 노래 소리'를 수식하는 경우에 따라 달리 해석된다. 따라서 명확한 의미전달을 위해 문장 구조를 바꾸어야 한다. 다음의 예문은 수식어와 피수식어의 거리로 인해 어색한 문장이 된 경우이다.

　ㄹ. 당당하게 그녀는 성적을 향상시키기 위해 학원을 간 것이 아니라고
　　주장했다.
　ㅁ. 신나는 여러분들의 MT를 위해 최선을 다하겠습니다.

(ㄹ)은 수식어 '당당하게'와 피수식어 '주장했다'가 문장 내에서 먼 거리에 위치해 자연스럽지 않다. 그러므로 '당당하게'의 위치를 '주장했다' 앞으로 옮겨, '그녀는 성적을 향상시키기 위해 학원을 간 것이 아니라고 당당하게 주장했다'와 같이 고쳐야 그 의미도 명확해지고 매끄러운 문장이 된다. (ㅁ) 역시, 수식어 '신나는'을 피수식어 '여행' 앞으로 옮겨 '여러분들의 신나는 MT를 위해 최선을 다하겠습니다.'로 고쳐야 자연스럽다.

라. 피동문 사용 주의

적절한 조사의 선택, 문장 성분 간의 호응, 분명한 수식 관계 외에도 올바른 문장을 쓰기 위해 주의해야 할 점은 피동문보다는 능동문을 사용하도록 노력하는 것이다. 피동문은 문장의 의미뿐만 아니라 주체의 의지가 불분명하게 전달되는 경향이 있다. 따라서 능동과 피동이 모두 가능한 문장은 행위의 주체를 분명하게 드러내는 능동문을 쓰는 것이 좋다.

ㄱ. 대학을 진학할 때는 학과의 신중한 선택이 요구된다.
　→ 대학을 진학할 때는 학과를 신중하게 선택해야 한다.
ㄴ. 그녀의 선택은 바보 같은 짓이었다고 생각된다.
　→ 그녀의 선택은 바보 같은 짓이었다고 생각한다.
ㄷ. 자격증이 주어진 선생에게 교육받아야 합니다.
　→ 자격증이 있는 선생에게 교육받아야 합니다.
ㄹ. 방송을 통해 모여진 성금은 재난민을 위해 쓰여질 것으로 보여진다.
　→ 방송을 통해 모인 성금은 재난민을 위해 쓰일 것으로 보인다.

4) 문단 구성

한 편의 글은 여러 개의 문단으로 이루어진다. 그리고 하나의 문단은 하나의 중심 생각을 담고 있다. 각 문단은 하나의 '소주제문'과 여러 개의 '뒷받침하는 문장'으로 이루어진다. 따라서 중심 생각이 바뀌거나, 소주제문이 바뀔 때는 문단 역시 바뀌어야 한다. 새로운 문단을 시작할 때는 1~2칸 들여쓰기하여, 문단이 시작된다는 것을 표시한다.

문단 내에서 소주제문의 위치에 따라 글의 구성방식은 두괄식, 미괄식, 양괄식 유형으로 나뉜다. 소주제문이 문단의 앞에 놓이면 두괄식, 소주제문이 문단의 끝에 놓이면 미괄식, 소주제문이 문단의 앞과 끝 모두에 놓이면 양괄식 구성이라고 한다.

한 편의 글		
* 1문단 소주제문	* 2문단 소주제문	* 3문단 소주제문
· 뒷받침 문장	· 뒷받침 문장	· 뒷받침 문장
· 뒷받침 문장	· 뒷받침 문장	· 뒷받침 문장
· 뒷받침 문장	· 뒷받침 문장	· 뒷받침 문장

문단을 구성할 때는 통일성에 유의해야 한다. 문단 내의 문장들이 긴밀하게 연결되어 하나의 주제로 통일되어야 한다. 문단의 통일성에 주의를 기울이지 않으면 하나의 문단에 여러 가지 주제가 섞여 제시될 수도 있다. 따라서 통일성을 해치는 문장을 발견하면 해당 문장을 삭제해야 한다.

2. 글쓰기의 형태와 방법

1) 설명과 논증

일반적으로 글은 글쓴이가 어떤 동기나 목적을 가지고 글을 쓰느냐에 따라 성격이 결정된다. 정보 전달을 위한 글인지, 타인을 설득하기 위한 글인지, 자신의 감성과 정서를 표현하기 위한 글인지, 쓰고자 하는 글의 성격에 따라 글을 기술하는 형태와 방법도 달라져야 한다. 따라서 글을 쓰는 사람은 집필에 앞서 그 글을 쓰는 의도나 목적을 분명히 정할 필요가 있다.

글을 기술하는 형태와 방법에는 설명, 논증, 묘사, 서사가 있다. 이 중에서 설명과 논증은 독자가 잘 알지 못하는 사실이나 정보를 전달하기 위해 주로 쓰이는 기술 방식이다. 자신의 주장을 객관적이고 논리적으로 전개하기 위해서는 이 기술 방식을 익히는 것이 유용하다.

가. 설명

'설명'은 어떠한 대상이나 사실, 정보 등을 누구나 쉽게 이해하도록 표현하는 글의 기술 방식이다. 효과적인 설명을 위해서는 자신이 설명하려는 대상을 잘 알고 있어야 하며, 주관적인 감정을 배제하고 사실적·객관적인 태도로 그 대상을 기술해야 한다. 설명의 방법에는 지정, 정의, 예시, 비교, 대조, 분류, 구분, 분석 등이 있다. 실제 글쓰기 과정에서는 설명하고자 하는 대상에 따라 한 가지 방식만을 선택하거나 여러 방식을 복합적으로 사용하기도 한다.

① 지정

'지정'은 설명하려는 대상의 정보를 있는 그대로 제시하는 서술 방식이다. 즉 어떤 사물을 두고 '이것은 무엇이냐?'라는 물음에 '이것은 무엇이다'라고 대답하는 형식을 지정이라 한다.

저분은 누구시니? 저분은 우리학교 교수님이셔.
지금 몇 시니? 지금은 밤 11시 58분이야.

② 정의

'정의'는 어떤 단어나 사물의 뜻을 명백히 밝혀 규정하는 설명 방식이다. 정의는 정의되는 쪽의 '피정의항'과 정의하는 내용에 해당하는 '정의항'으로 구성된다. 정의항은 다시 '유개념'과 '종차개념'으로 구성되는데, 유개념은 정의를 받는 대상이 어떤 종류나 범주에 속하는지를 지적하는 부분, 종차개념은 다시 유개념을 세분화하여 정의를 받는 대상이 다른 대상과 구별되는 특질을 지적하는 부분을 가리킨다. 여기서 주의할 점은 피정의항과 정의항은 등식 관계(=)를 이루어야 한다는 것이다. 즉, 정의항의 범주가 피정의항보다 크거나 작아서는 안 되고, 그 둘의 위치를 바꾸었을 때도 의미가 성립되어야 한다.

피정의항	정의항	
인간은	사회적	개념이다.
	종차개념	유개념

③ 예시

예시는 구체적인 사례를 들어 설명하는 방식으로, 어렵거나 추상적인 대상을 쉽게 이해할 수 있도록 하는데 효과적인 기술 방식이다.

④ 비교와 대조

'비교'와 '대조'는 둘 혹은 그 이상의 대상 사이의 공통점과 차이점을 드러내어 설명하고자 하는 대상의 특성을 알려주는 기술 방식이다. 즉 어떤 대상을 설명하기 위해 또 다른 대상을 활용하는 방식이다. 대상 간의 유사점을 중심으로 설명하는 방식은 비교, 대상들 간의 차이점을 중심으로 설명하는 방식은 대조이다. 효과적인 비교와 대조를 하려면 같은 기준이 전제되어야 하며, 대상들 가운데 하나는 독자에게 친숙한 것이어야 한다. 이러한 비교와 대조의 설명 방식은 단순히 사물을 설명하는 차원을 넘어 대상에 대한 인식을 심화, 확대해 준다.

비교	영화와 연극은 여러 부문의 예술이 종합되어 비로소 완성되는 종합예술이다.
대조	영화는 시/공간적 제약으로부터 자유롭지만, 연극은 시/공간적 제약이 크다.

⑤ 분류와 구분

'분류'와 '구분'은 여러 대상을 일정한 기준에 따라 나누거나 묶어 설명하는 방식이다. 그중에서도 작은 것들을 큰 갈래로 묶어 가는 설명 방식은 분류, 큰 갈래를 작은 것들로 나누어 가는 설명 방식을 구분이라 한다.

분류				구분				
포유류		파충류		개				
↑		↑		↓	↓	↓	↓	↓
개	고양이	뱀	이구아나					
고래	돼지	도마뱀	카멜레온	말티즈	비글	진돗개	치와와	시츄

⑥ 분석

'분석'은 하나의 사물이나 대상의 구조를 그 성분에 따라 나누어서 구체적으로 밝혀주는 설명 방식이다. 예컨대 시계의 구조는 시계를 이루고 있는 각각의 부속품들의 유기적인 결합체라서 시계의 구조를 이루는 각각의 부속들을 분해해서 그것들이 서로 어떠한 관계를 맺고 있는지를 설명해주는 것이 분석이다.

시계는 바늘, 전동기, 태엽으로 구성되어 있다.

나. 논증

'논증'은 객관적으로 타당한 근거를 제시하여 특정 사실이나 의견을 논리적으로 증명하는 기술방식이다. 어떤 사건이나 문제에 대해 의견의 대립이나 갈등이 존재할 때 자신의 주장을 전개하는 데 효과적인 방법이다. 다시 말해 논증은 명확히 밝혀지지 않은 사실이나 의견의 진실 여부를 밝혀 증명하거나, 객관적인 근거에 따라 논리를 전개하여 독자를 설득하는 것을 목적으로 할 때 주로 사용한다.

논증이 설득력을 갖기 위해서는 글쓴이의 주장을 뒷받침할 수 있는 객관적인 논거와 합리적인 추론 과정이 이루어져야 한다. 일반적으로 논증의 과정은 우선 글쓴이가 논의하고자 하는 쟁점을 다룬 명제를 설정하고, 그에 대한 객관적인 논거를 제시한 후에 다시 그것을 토대로 논리적으로 추론하는 방식으로 진행된다.

① 명제

'명제'는 어떤 사실 혹은 쟁점이 되는 문제 등에 대한 글쓴이의 의견을 언어로 표현한 것이다. 즉 독자들이 받아들이기를 원하는 글쓴이의 주장을 제시하는 것이므로 분명하고 간결하게 표현하는 것이 중요하다. 명제는 논점에 따라 '사실명제', '가치명제', '정책명제'로 나뉜다.

ㄱ. 사실명제 : 사실명제는 어떠한 사실이나 상황이 진실인지 아닌지에 대한 판단을 나타내는 명제이다.
- 해는 동쪽에서 떠서 서쪽으로 진다.
- 임진왜란은 1592년에 발발했다.

ㄴ. 가치명제 : 가치명제는 어떤 대상에 대한 글쓴이의 가치판단을 나타내는 명제이다. 즉, 대상에 대해 옳고 그름, 선과 악, 미와 추 등의 가치판단을

내리는 명제를 말한다.

　　– 흥부전은 형제 사이의 우애를 보여주는 최고의 작품이다.

　　– 나누는 삶은 아름답다.

　ㄷ. 정책명제 : 정책명제는 어떠한 상태나 행동의 당위성을 주장하면서 그렇게

　　행동하도록 요구하는 명제를 말한다.

　　– 생태계의 파괴를 막기 위해서는 자연을 보호해야 한다.

　　– 건강을 유지하기 위해서는 적당한 운동을 꾸준히 해야 한다.

② 논거

'논거'는 명제의 타당성이나 진실성을 뒷받침하기 위해 사용하는 논리적 증거를 의미한다. 논증 과정에서 글쓴이의 주장을 보다 설득력 있게 전달하려면 객관적인 논거가 필수적이다. 이러한 논거는 성격에 따라 '사실논거'와 '소견논거'로 구분된다. 사실논거는 객관적으로 검증되거나 증명될 수 있는 논거로서 누구나 인정할 수 있을 만큼 확실해야 한다. 소견논거는 전문가의 의견이나 경험자나 목격자의 증언 등으로서 사실로 인정될 만한 논거를 의미한다.

③ 추론

'추론'은 논거와 논거 사이의 관계를 명백히 드러내어 하나의 결론을 끌어내는 과정을 의미한다. 추론은 학술적 글쓰기에서 사용되는데 자료와 결과를 연결하여 배열하는 방법에 따라 '귀납적 추론'과 '연역적 추론'으로 나눌 수 있다.

ㄱ. 귀납적 추론

귀납적 추론은 개개의 특수한 사례나 사실들을 일반화된 법칙을 끌어내거나 판단하는 방법으로 개별 사실들의 공통점을 결론으로 끌어내는 방식이다. 귀납적 추론에는 '일반화'와 '유추'가 있다. 일반화는 특정 집단 속에서 얻게 된 부분적 사례를 바탕으로 이러한 결과가 전체에서도 같게 나타날 것이라고 추론하는 방법이다. 예컨대, 선거 후에 이루어지는 출구조사 결과를 토대로 실제 개표 이전에 당선자를 예측하는 표본조사 방식이 이에 속한다. 일반화의 경우, 일부분만을 대상으로 삼아 부분 결론을 도출해 내고, 이를 전체에 적용하므로 오류에 빠지기 쉽다. 흔히 범하기 쉬운 오류로는 성급한 일반화의 오류, 잘못된 인과관계의 오류, 근시안적 귀납의 오류 등이 있다. 이러한 오류는 대개 자료에 대한 충분한 이해의 부족, 글쓴이의 선입관, 판단력의 부족 등으로 발생하므로 논증 과정에서 세심한 주의를 기울일 필요가 있다.

유추는 서로 다른 두 대상의 특징 중 일정 부분이 유사할 경우, 나머지 다른 부분도 유사할 것이라고 추론하는 방법이다. 예컨대 식탁 위에 놓인 빵 두 개의 모양, 크기, 무게, 냄새 등이 유사할 경우, 먼저 먹어본 빵 맛을 기준으로 다른 빵 맛도 그러할 것으로 추측하는 방식이 이에 속한다. 이러한 유추도 일반화와 마찬가지로 성급한 추론으로 인한 오류를 범할 수 있어서 대상의 본질적인 속성에 대한 충분한 이해가 필수적이다.

ㄴ. 연역적 추론

'연역적 추론'은 일반적인 진리나 원칙을 전제로 구체적이고 특수한 사례로 나아가는 추론방식이다. 연역적 추론은 전제가 되는 진리나 원칙이 참(진실)이라면, 그를 토대로 도출된 결론도 반드시 참이 된다. 이러한 연역적 추론 가운데 가장 대표적인 방법은 '삼단논법'이다. 삼단논법은 대전제, 소전제, 결론의 형식을 갖춘다.

대전제	모든 사람은 죽는다.
소전제	소크라테스는 사람이다.
결론	그러므로 소크라테스는 죽는다.

이처럼 삼단논법의 결론은 대전제와 소전제가 참이고, 그 두 개의 전제로부터 논리적으로 추론하여 나온 결론일 때 타당성을 갖게 된다. 따라서 개별적인 사실들의 공통점을 결론으로 삼는 귀납적 추론이 개연성을 가지지만, 연역적인 추론은 정당성을 갖추게 되는 것이다.

2) 묘사와 서사

'묘사'와 '서사'는 주로 글쓴이의 주관적 감정이나 태도 등을 드러내는 데 주된 목적을 둔 글에 쓰인다. 즉 묘사와 서사는 글쓴이의 주관적인 감정이나 정서를 드러낼 때 효과적이므로 시, 소설, 희곡 등의 문학 작품뿐 아니라 기행문이나 편지글, 자기소개서, 일기에서도 자주 쓰이고, 설명적인 글 등에도 널리 활용될 수 있는 친숙한 글쓰기 방식이다.

가. 묘사

'묘사'는 대상(사물, 인물, 현상, 상황 등)을 언어를 통해 마치 '그림 그리듯이 표현'하는 서술방식이다. 글쓴이가 대상에 대해 갖게 된 감정이나 정서 등을 언어로 구체화하여 독자에게 이를 간접적으로 체험하게 하는 것이 목적이다. 하지만 대상에 대한 완벽 묘사는 쉽지 않다. 언어적 표현이라는 것이 한계를 지닐 수밖에 없으며, 글쓴이가 묘사하려는 대상에 대한 지식을 얼마만큼 갖추고 있느냐에 따라, 대상을 어떤 관점으로 바라보느냐에 따라 같은 대상도 다르게 다르게 표현될 수 있기 때문이다.

묘사는 글을 쓰는 사람의 의도나 목적에 따라 묘사 대상을 마치 사진을

찍듯이 사실적·객관적으로 서술할 수도 있고, 글쓴이가 대상에 대해 갖게 된 지배적인 인상과 주관적인 느낌을 기반으로 서술할 수도 있다. 전자를 '객관적 묘사', 후자를 '주관적 묘사'라고 한다.

① 객관적 묘사

객관적 묘사는 대상을 가능한 한 정확하게 묘사함으로써 객관적인 정보 전달에 목적을 두는 기술방식이다. 즉 대상을 관찰한 내용 그대로 사실적으로 묘사하는 방식이다. 이러한 묘사방식은 정보 전달을 위한 글과 특정 대상에 대해 독자의 이해를 돕기 위한 글에서 활용된다.

② 주관적 묘사

주관적 묘사는 대상에 대한 글쓴이의 주관적인 느낌과 해석을 중심으로 표현하는 기술방식이다. 글을 쓰는 사람은 대상을 세밀하게 관찰하고, 거기서 느낀 감각적인 체험 혹은 지배적인 인상을 자신만의 언어로 표현해야 한다. 이러한 주관적 묘사는 문학적 비유를 많이 사용하고, 실제로도 문학 작품에서 주로 사용되므로 '문학적 묘사'라고도 한다.

나. 서사

'서사'는 시간의 흐름에 따라 사건이 어떻게 진행되는지 혹은 사물이 어떻게 변화하는지 등을 서술하는 기술방식이다. '특정 사건이 어떻게 발생하였고, 또 어떻게 전개되었는가?'하는 과정에 대한 서술이기 때문에 '누가, 언제, 어디서, 무엇을, 어떻게' 하였는지에 대한 내용이 시간적 경과에 따라 진술되는 이야기의 구조를 띠게 된다.

서사에서는 제시된 사건이 마치 눈앞에서 펼쳐지는 듯이 직접적이고 생동감 있게 표현하는 것이 기본이지만, 단순한 사건의 시간적 배열이 아니라 그 사건들이 인과적 관계를 중심으로 유기적으로 연결되어야 한다는 점이 중요하다. 이와 더불어 서술자의 태도 또한 사건을 언어로 표현하고, 그 사건의 의미를 해석하는 과정에서 막중한 역할을 한다는 점도 염두에 두어야 한다. 서사 역시 묘사와 마찬가지로 글쓴이의 관심과 의도에 따라 '객관적 서사'와 '주관적 서사'로 나눌 수 있다.

① 객관적 서사

객관적 서사는 사건의 진행이나 사물의 변화과정을 있는 그대로 서술하는 방식, 즉 사실을 중심으로 기술하는 서사를 말한다. 따라서 사건에 대한 글쓴이의 주관이나 해석은 최대한 자제한 채 사건에 대한 정확한 정보를 전달할 수 있도록 기술해야 한다. 이러한 서사 방식은 주로 역사서나 신문, 잡지의 사건 기사 등에서 활용된다.

② 주관적 서사

주관적 서사는 사건의 진행이나 사물의 변화과정을 글쓴이의 인상이나 해석, 또는 정서를 중심으로 기술하는 방식을 말한다.

1. 주제 선정하기

글쓰기에서는 주제를 정하는 일이 선행되어야 한다. 우리는 흔히 좋은 글감을 찾기 위해 책을 읽거나, 여행을 가고, TV 프로그램이나 영화를 보는 등 다양한 경험을 쌓는다. 이러한 과정은 글을 쓰는 이가 다루고자 하는 대상 세계를 충분히 이해하고, 관련 자료를 풍부하게 확보하여 흥미로운 주제를 얻는 전략적 자산으로 작용할 수 있다.

주제를 선정하는 과정에서는 '참주제'와 '가주제'를 검토한다. 브레인스토밍 등 여러 가지 방법을 통해 다양한 사고를 유도하면 그것을 바탕으로 주제를 선택한다. 주제를 선정할 때는 자신의 흥미를 유발하는 것을 대상으로 삼을 필요가 있다. 자신이 가장 관심이 있는 화제를 선택하는 것이 글쓰기에 유리하기 때문이다.

일반적으로 주제를 선택할 때는 생각의 범주가 비교적 크고 추상적인 것에서부터 생각의 범위를 좁혀 구체화하는 과정을 거친다. 생각의 범위가 방대하고 포괄적인 주제를 '가주제'라 하고, '가주제'에서 생각의 범위를 좁히고 자신이 의도하는 바를 구체적으로 드러낸 주제를 '참주제'라고 한다. 주제의 범주를 구체적으로 한정하지 않고 글을 쓰면 상당한 어려움이 따른다.

가령 '태움 문화'라는 주제로 글을 쓴다고 가정해 보자. 주제 자체가 선뜻 와 닿지 않고 무엇을 어떻게 써야 할지 막연해진다. 그렇기에 '태움 문화의 의미와 문제점' 또는 '태움 문화의 문제점과 개선 방안 모색' 등으로 생각의 범주를 좁혀야 한다. '연애'나 '사랑'이라는 주제로 글을 쓸 때도 마찬가지다. 주제 자체가 상당히 추상적이고 광범위하여 선뜻 글을 쓰기가 망설여진다. 하지만 가주제의 범위를 좁혀 '대학생들의 연애 실상'이라거나 '캠퍼스 커플(CC)의 사랑 방식' 등으로 그 범위를 한정하여 참주제를 설정하게 되면 글을 쓰기가 수월해진다.

1) 브레인스토밍(Brainstorming)

브레인스토밍은 창의적인 아이디어를 생산하기 위한 학습 도구이자 회의 기법이다. 브레인스토밍은 집단적·창의적 발상 기법으로 집단에 소속된 인원들이 자발적으로 자연스럽게 제시된 아이디어 목록을 통해서 특정한 문제에 대한 해답을 찾고자 노력하는 것을 말한다.

1. 어떤 가능성도 배제하지 말고 적기.
2. 완벽한 문장의 형태로 쓰려 하지 말 것.
3. 설정한 질문이나 문제로 시선 고정하기.

2) 무제한(자유) 연상

무제한 연상 훈련은 머릿속에 떠오르는 단어를 제한 없이 적는 훈련법이다.

1. 1분 동안 머릿속에 떠오르는 낱말들을 모두 쓴다.
2. 낱말 쓰기가 끝나면 낱말의 수를 세어본다.
3. 앞 낱말과 뒤 낱말 사이에 관계가 없다고 생각되는 곳에 사선(/)을 긋고 낱말 수를 세어본다.

3) 단어 제시 연상

단어를 제시하고 관련 있는 단어를 적은 후에 그것과 관련지어 글을 쓸 수 있다.

간호사, 어이, 아가씨, 언니, 저기요, 간호사님, 간호사 선생님

병원에서 환자나 보호자가 '간호사'를 부르는 호칭은 매우 다양하다. '어이', '아가씨' 등으로 부르기도 하고, '언니'라고 부르거나, '저기요'라고 말을 시작하기도 한다. '간호사'의 전문성을 인정하여, '간호사님', '간호사 선생님' 등의 호칭을 사용하는 것이 바람직하다.

한편, 주제를 정하면 그다음 단계로 자신의 중심 생각을 집약적으로 드러내야 한다. 이것을 주제문이라고 한다. 주제문은 글 전체의 방향을 제시하여 글의 통일성을 유지하는 역할을 한다. 이때 집필 의도나 태도 및 글의 목적과 방법까지도 예상할 수 있어야 좋은 주제문이라고 할 수 있다. 주제문은 반드시 하나의 문장으로 완성하고, 자신의 관점이나 생각을 구체적이고 명확하게 드러내야 한다.

» **주제문 작성 시 유의할 사항**

주제문은 하나의 완전한 문장으로 작성한다.

주제문의 내용은 명확하고 구체적이어야 한다.

주제문의 자신의 관점이나 생각이 분명하게 드러나야 한다.

주제문은 확실한 근거에 의해 입증 가능한 것이어야 한다.

2. 자료수집과 정리하기

주제를 설정하고 주제문까지 완성했다면, 주제를 객관적으로 뒷받침해 줄 만한 자료를 수집해야 한다. 일반적으로 자료를 수집할 때는 글의 성격

에 따라 문헌자료, 관찰·실험자료, 조사자료 등으로 나누어 살펴볼 수 있다.

　자료를 수집하는 방법은 글의 성격에 따라 다양하다. 이공계열에서 흔히 볼 수 있는 관찰이나 실험이 중심을 이루는 관찰·실험보고서 형태도 있고, 사회과학계열에서 주로 쓰이는 현장 조사나 설문 형태의 조사가 필요할 수도 있다. 그리고 인문과학계열에서는 문학 작품(문헌자료)이나 작가론에 치중하여 연구의 폭을 넓히거나 새로운 시각이나 해석을 도모할 수도 있다. 중요한 것은 타당한 근거에 따라 자신의 주장을 펼치는 글에서는 객관성을 확보하기 위해 주제와 관련한 자료의 수집이 뒷받침되어야 한다는 점이다.

　도서관이나 인터넷을 이용하여 참고할만한 자료를 수집하고, 검토한 후에 필요한 자료는 따로 정리해 두는 것이 글을 쓸 때 유리하다. 수집된 자료들은 자기 생각이나 주장을 펼칠 때 주제를 선명하게 부각하고 주제에 대한 설득력과 타당성을 갖추는 데 객관적인 근거로 활용할 수 있기 때문이다.

　수집한 자료를 정리할 때는 자료의 출처를 명확히 기록하는 것이 좋다. 예컨대, 자료의 서지사항이나 참고할 내용의 인용(직/간접 인용) 여부 등도 상세히 살펴 두면 실제 글을 쓸 때 활용하기가 수월해진다. 이와 맞물려 자료의 출처를 밝힐 때는 표절 시비의 대상이 되지 않도록 자료의 인용 방법에 대해 숙지하고 각주 처리하는 방식이나 참고한 자료를 작성하는 방법 등도 분명하게 익혀야 한다.

1) 자료 검색 사이트와 검색 방법

(1) 단행본 및 학위논문 검색

　단행본과 학위논문을 검색하는 가장 쉬운 방법은 학교 도서관의 홈페이지를 이용하는 방법이다. 또는 국립중앙도서관이나 국회도서관 사이트에서 검색하면 자신이 찾고자 하는 단행본과 학위논문을 쉽게 찾을 수 있다.

· 학교 도서관

· 국립중앙도서관　　　　http://www.nl.go.kr

· 국회도서관　　　　　　http://www.nanet.go.kr

(2) 사회과학 자료 및 통계자료

사회과학 자료 및 통계자료를 찾고 싶을 때는 한국 사회과학자료원, 한국 사회과학데이터센터, 통계청 사이트를 활용하면 정보를 쉽게 얻을 수 있다.

· 한국 사회과학자료원　　　http://www.kossda.or.kr

· 한국 사회과학데이터센터　http://www.ksdc.re.kr

· 통계청　　　　　　　　　http://www.kostst.go.kr

(3) 학술지 수록 논문 검색

학술지에 수록된 논문을 찾고 싶을 때는 한국학술정보, 누리미디어, 학술연구정보서비스 사이트를 통해 찾으면 된다. 학교 도서관을 통해 접속하면 대부분의 논문은 무료로 볼 수 있다.

· 학술연구정보서비스　　http://riss.kr

· 한국학술정보　　　　　http://kiss.kstudy.com

· 누리미디어　　　　　　http://dbpia.co.kr

(4) 인터넷 자료

인터넷 자료는 네이버 아카데미에서, 구글 스칼라에서는 학술적인 정보를 얻을 수 있고 옛 신문을 검색하고자 할 때는 한국언론진흥재단 홈페이지를 이용하면 된다. 뉴스 관련은 네이버뉴스라이브러리를 활용하면 된다. 다만 신빙성이 떨어질 우려가 있으므로 자료를 이용할 때는 자료의 검증 절차도 필요하다.

- 네이버 아카데미　　　　http://academic.naver.com
- 구글 스칼라　　　　　　http://www.scholar.google.co.kr
- 한국언론진흥재단(옛신문검색) http://www.kinds.or.kr
- 네이버뉴스라이브러리　　http://newslibrary.naver.com

2) 인용(단행본, 논문) 방법의 사례

① 단행본

- 국내 저서: 저자,『책 제목』, 출판사, 출판연도, 페이지
- 번역서: 저자,『책 제목』, 역자, 출판사, 출판연도, 페이지
- 국외 저서: 저자, 제목, 출판지: 출판사, 출판연도, 페이지

유설희 외 4명,『병원 코디네이터』, 북샘출판사, 2016.
로버트 스턴버그·카린 웨이스 편저,『심리학, 사랑을 말하다』, 김소희 역, 21세기북스, 2010.
Banfill, B. J., Labrador nurse, Philadelphia: Macrae Smith, 1953, p.33.

② 학위논문

- 저자,「논문제목」, 대학교, 학위 수여 연도, 페이지

조혜령,「전문 간호사가 제공하는 교육 상담 프로그램이 지역사회 고혈압 노인의 자기 간호 행위, 복약 순응도, 혈압에 미치는 효과」, 서울대학교 석사학위논문, 2015, 20쪽.

글쓰기와 말하기 교육

③ 학술논문

• 저자, 「논문제목」, 『학회지』 권·호수, 학회명, 발행연도, 페이지

임경춘, 「노인 전문 간호사 역할에 대한 역사적 고찰」, 『노인간호학회지』
Vol.7 No.2, 노인간호학회, 2005, 15쪽.

④ 인터넷 자료

• 사이트 이름, 주소 병기(검색일: 날짜)

대한간호협회, http://www.koreanurse.or.kr(검색일: 2019.3.15.)

3) 직접 인용과 간접 인용의 방법

국립국어원 표준국어대사전에 따르면 '인용(引用)'은 "남의 말이나 글을 자신의 말이나 글 속에 끌어 씀"을 뜻한다. 인용의 방법은 크게 직접 인용과 간접 인용으로 나뉜다. 직접 인용은 다른 사람의 글이나 말을 그대로 끌어다 쓰는 것이고, 간접 인용은 글을 쓰는 사람이 요약하거나 자신이 이해한 바대로 정리하여 제시하는 것이다.

직접 인용할 때는 " "로 묶어서 글을 쓰는 사람의 문장과 구별해 주어야 한다. 또한 원문을 그대로 옮기는 것을 원칙으로 하기 때문에, 오기(誤記)까지도 그대로 가져오게 된다. 인용하고자 하는 부분이 3~4행을 넘길 경우 별도로 인용 문단을 만든다. 이때 본문과 위·아래로 한 행을 띄우고, 문단의 양쪽을 들여쓰기하고, 본문보다 글자 크기를 작게 한다.

(1) 직접 인용

① " "로 표기

천유철은 『오월의 문화정치』에서 "여기서 구호·표어는 단순히 눈에 보이는 의미를 벗어나 표현 속에 숨은 의미까지 보여준다는 것을 알 수 있다."[1]고 설명하고 있다.

----

[1] 천유철, 『오월의 문화정치』, 오월의 봄, 2016, 107쪽.

② 인용 문단 만들기

천유철은 『오월의 문화정치』에서 구호·표어의 의미 작용에 대해 다음과 같이 설명하고 있다.

여기서 구호·표어는 단순히 눈에 보이는 의미를 벗어나 표현 속에 숨은 의미까지 보여준다는 것을 알 수 있다. 언어 이면에 감춰진 의미와 새로 생겨나는 의미가 무의식적으로 마음속에 환기되고 이해되게 함으로서, 구호·표어를 만들어낸 이의 의도-메시지를 효과적으로 전달하여 보고 듣는 이에게 '신체화'하게 하는 것-가 실현되는 것이다. 즉 표현된 의미 이외에 함축적인 의미를 설명하지 않아도 그에 준하거나 능가하는 설명력, 설득력을 확보하여 숨은 의미를 이해하게 한다는 의미이다.[1]

위 인용을 참조하면 다음과 같은 결론을 도출하는 것이 가능해진다.

----

[1] 천유철, 『오월의 문화정치』, 오월의 봄, 2016, 107쪽.

(2) 간접 인용

간접 인용을 할 경우 인용할 책이나 글의 전체 주제를 고려해야 한다. 인용할 책이나 글의 논리적 전개, 전체적 맥락을 고려하지 않으면 글을 쓰는 사람이 해당 책이나 글의 내용을 잘못 이해했다는 비판을 받을 수도 있다. 간접 인용은 글을 쓰는 사람이 요약, 정리하여 제시하는 방법이므로 문장의 형태가 달라지기는 하지만, 직접 인용에서와 마찬가지로 출처를 반드시 밝혀야 한다.

구호·표어는 눈에 보이는 의미 이외에 함축적 의미를 설명하지 않아도, 보고 듣는 이에게 숨은 의미까지 전달할 수 있다.[1]

1) 천유철,『오월의 문화정치』, 오월의 봄, 2016, 107쪽.

• 인용 면수 표기 방법

예: p.57, pp.57~58, 57쪽, 57면.

• 참고문헌 작성

 - 단행본, 논문, 신문 및 잡지 등의 항목을 나누어 제시
 - 저자 이름 가나다순으로 제시

임경춘, 「노인 전문 간호사 역할에 대한 역사적 고찰」, 『노인간호학회지』 Vol.7 No.2, 노인간호학회, 2005.
조혜령, 「전문 간호사가 제공하는 교육 상담 프로그램이 지역사회 고혈압 노인의 자기 간호 행위, 복약 순응도, 혈압에 미치는 효과」, 서울대학교 석사학위논문, 2015.
천유철, 『융합적 사고와 표현』, 하움출판사, 2022.
스턴버그, 로버트·웨이스, 카린 편저, 『심리학, 사랑을 말하다』, 김소희 역, 21세기북스, 2010.

3. 개요 작성하기

주제 선정 단계를 거쳐 관련 자료를 수집하고 정리했다고, 바로 글쓰기를 시작할 수 있는 것은 아니다. 집을 지을 때 건축 자재가 준비되었다고 곧바로 건축이 진행되지 않는 것과 마찬가지다. 실제 건축이 시작되는 시

점은 건축 설계도가 완성된 이후다. 마찬가지로 실제 글쓰기가 가능해지려면 글의 설계도에 해당하는 개요를 구체적으로 작성해야 한다.

개요는 글의 주제를 중심으로 각각의 하위 항목을 설정하여, 어떠한 내용으로 채울지를 구체적으로 드러내도록 짜야 한다. 작성한 개요를 통해 글의 전반적인 흐름이나 짜임을 살피고, 누락된 항목이나 중복된 항목을 보완하거나 삭제하여 좋은 글이 될 수 있도록 점검한다.

집필 단계에 들어가기 전에 개요를 작성하는 과정은 글의 유기적인 통일성을 유지하는 데 중요한 역할을 한다. 더불어 수집한 자료를 체계적으로 정리하고 배열하는 데도 도움을 주며, 실제 글을 쓰는 과정에서 발생할 수 있는 여러 시행착오를 줄이는 데도 기여한다.

• 화제식 개요와 문장식 개요

개요는 항목의 배열과 표현 방식에 따라서 화제식 개요와 문장식 개요 등으로 구분한다. 화제식 개요는 말 그대로 각 항목의 내용에서 핵심이 되는 어구를 중심으로 배열한 것, 문장식 개요는 각 항목에서 중심 내용을 하나의 문장으로 제시한 것이다. 화제식 개요는 명사구 형식으로, 문장식 개요는 문장 형식으로 작성한다. 화제식 개요는 글의 흐름을 한눈에 파악할 수 있는 특징이 있고, 문장식 개요는 글의 내용을 상세하게 알 수 있다는 장점이 있다. 이러한 개요 방식을 활용할 때는 글의 성격을 고려하여 효과적인 방식을 선택할 필요가 있다.

» 화제식 개요

동물 카페의 문제점과 개선 방안

Ⅰ. 서론
Ⅱ. 동물 카페의 현황과 문제점
    1. 부적절한 사육 환경에 따른 위험성
    2. 관리 및 운영상 제재 방법의 부재

글쓰기와 말하기 교육

Ⅲ. 동물 카페의 개선 방안

    1. 동물에 대한 이해를 통한 사육 환경의 개선

    2. 관련 법령의 제정 및 시행

Ⅳ. 결론

» 문장식 개요

동물 카페의 문제점과 개선 방안

Ⅰ. 최근 동물 카페가 많이 생기고 있다.

Ⅱ. 동물 카페에서 발생하는 문제점은 크게 두 가지이다.

    1. 부적절한 사육 환경으로 인해 동물이 이상 행동을 보인다.

    2. 관리와 운영에 있어 적절한 제재가 이루어지지 않고 있다.

Ⅲ. 동물 카페의 문제점을 해결하기 위한 대책이 필요하다.

    1. 동물에 대한 이해를 기반으로 사육 환경을 개선한다.

    2. 관련 법령을 제정하고, 이를 시행한다.

Ⅳ. 동물 카페의 문제점을 인식하고 이를 해결해야 한다.

장절(章節) 개요	수문(數文) 개요	수(數) 개요
제1장	제1장	1.
제1절	1.	1.1.
제1항	1.	1.1.1.
제2항	2.	1.1.2.
제2절	2.	1.2.
제1항	1.	1.2.1.
제2항	2.	1.2.2.
제2장	제2장	2.
제1절	1.	2.1.
제1항	1.	2.1.1.
제2항	2.	2.1.2.
제2절	2.	2.2.
제1항	1.	2.2.1.
제2항	2.	2.2.2.

4. 서론·본론·결론 쓰기

(1) 서론

학술적 글쓰기에서 서론의 역할은 다음과 같다. 분석 대상을 소개하고, 연구 범위를 제시한다. 또한 기존의 연구사를 검토하고, 본론에서 다루고자 하는 문제를 제기한 후 논문의 전개 방향 등을 제시한다.

(2) 본론

본론에서는 서론에서 제기한 논제를 논거(논리적 근거)를 통해 뒷받침하며 논증(논리적 증명)한다. 이때 다양한 설명 방식을 활용하여 효과적으로 주제를 전달하고, 분석을 진행하여 객관성을 확보해야 한다.

(3) 결론

결론에서는 본론에서 진행한 논의를 요약하고, 이에 대한 전망을 제시한다. 본론에서 다루지 않은 새로운 문제를 제기해서는 안 된다는 점에 유의한다.

5. 퇴고하기

'퇴고(推敲)'의 사전적 의미는 '글을 지을 때 여러 번 생각하여 고치고 다듬는 일'이다. 퇴고할 때 살펴보아야 할 항목들은 다음과 같다. 먼저 글 전체의 통일성과 관련하여 주제와 관련이 없는 정보, 문장, 문단이 발견될 경우 이를 삭제하거나 변경한다. 다음으로 논리성을 고려하여 글의 흐름을 깨뜨리는 요소를 발견할 경우에는 서술 순서를 바꾼다. 마지막으로 학술적 글쓰기의 형식적 요건을 갖추고 있는가를 확인한다. 구체적으로 제목 및 장·절·항의 제목이 적절한가를 확인하고, 참고 문헌을 잘 정리하여 제시하고 있는가를 살핀다.

1. 올바른 말하기

1) 말하기 기술

'말하기'는 우리의 생활 영역에서 필수 불가결한 생존 기술이다. 말하기를 통해 생각을 표현하고, 타인과 소통하며 삶을 영위할 수 있기 때문이다. 그러나 우리는 그동안 너무 쉽게 말하기를 해왔다. 즉 말하기의 중요성을 간과하고 특별한 주의를 기울이지 않았다.

말하기는 4차 산업혁명 시대를 맞아 타인과의 소통과 융섭을 위한 생존 기술이라는 측면에서 그 의미가 날로 중요해지고 있다. 이제라도 우리는 말하기의 중요성을 인식하고, 그것을 본격적으로 학습하여 살아가는 데 도움이 되는 자원으로 만들 필요가 있는 것이다. 그렇다면 어떻게 말을 해야 하고, 무엇을 말해야 올바른 말하기인가. 또 어떻게 말을 해야 상대방과 원활하게 소통하고 나의 이익을 극대화할 수 있을까.

① 사고한 후에 말하라.

우리는 일상에서 뜬금없는 말을 하거나 맥락에 어울리지 않는 이야기를 하는 사람을 만나본 경험이 있다. 또한 나 역시 큰 의미 없이 말을 했다가 곤란한 상황을 맞닥뜨린 때도 있었다. 이렇게 대화의 상황에서 앞뒤 맥락을 모르고 발화하여 발생하는 일들은 우리 주변에서 얼마든지 사례를 찾아볼 수 있다.

말이라는 것은 표면적 의미뿐만 아니라 그 이면에 감춰진 의미까지를 포함한다. 생각 없이 내뱉은 나의 말을 상대방이 왜곡하여 듣거나 의미 이상의 반응을 보이는 것도 그러한 이유에서이다. 그래서 우리는 말하기 전에 늘 사고하고 발화할 필요가 있는 것이다. 말은 글과 달리 즉각적·즉흥적인 성격을 지녀서 한번 뱉은 말은 주워 담을 수 없고, 그 생각을 상대방이 공유한다는 점에서 번복하기 어렵다. 따라서 생각 없이 말을 하여 실수하기보다는 먼저 사고하고 생각을 정리하여 타인에게 말을 건네는 것이 옳은 방법이라고 할 수 있다.

② 상대가 처한 상황을 인지하고 말하라.

말할 때는 나의 입장보다는 상대방의 입장을 먼저 인지하고, 그것을 고려한 말하기를 해야 한다. 상대를 만나면 안부부터 묻고, 분위기를 살피며 어떤 말로 대화를 시작할지를 분석해야 한다. 그러나 일상에서는 이러한 사전 작업을 생략하고 본론 격의 말을 하면서 자칫 오해와 갈등이 야기되곤 한다. 분명한 것은 상대방은 항상 나와 같은 생각과 기분, 처지가 아니라는 사실이다.

사람은 누구나 다른 성격, 성향, 식성, 취향, 환경을 지니고 있다. 맑은 날을 좋아하는 사람도 있고 비 오는 날을 좋아하는 사람도 있는 것과 마찬가지다. 이는 각자 처지에 따라 나의 메시지가 의도와 반대로 수용될 여지가 있음을 보여준다. 그런데도 나의 입장만 강조한 말하기가 진행된다면, 상대방에 대한 배려가 무너지고 이는 원활한 의사소통으로 이어질 수 없게 된다. 이렇듯 말하기는 상대와 나의 입장 차이를 이해하고 서로 간의 절충적 위치에서 진행되어야 합당하다.

③ 상대방과 나와의 일치된 지향점을 찾아 말한다.

우리가 많은 말을 하는 대상은 가족이나 친구 등의 지인이다. 이들과는 심중의 말도 속 시원하게 터놓고 이야기한다. 그것은 대체로 공통의 지향점이 있기 때문이다. 가령, 우리는 학교나 회사에서 동기 혹은 팀원과 같은 지향점을 지니고 학문을 배우고 업무를 수행한다. 그 과정에서 단결력이 생기며 상호 간의 신뢰가 형성되고, 그것은 공동체라는 소속감으로 연결된다. 이는 서로 간의 일치된 지향점이 생기면 상호 우호 관계를 맺게될 수 있다는 말이다.

우호적 관계를 맺고 싶은 사람과의 만남에서 일치된 지향점을 찾았다면, 이제는 상대의 이익에 맞추어 말을 할 차례다. 상대와 나의 공통 지향점에서 상대의 이익이 된다는 것은 곧 나에게도 이익이 된다는 것을 전제한다.

2) 말의 수위 조절법

말하기가 어려운 이유는 그것이 혼자 수행하는 것이 아니라는 점이다. 말하기는 '오는 말이 고와야 가는 말이 곱다'는 속담처럼 철저하게 '상호성의 법칙'에 따른 것이다. 말하기가 본인과 타인 간의 상호작용이라는 점은 나와 타자와의 관계를 염두에 둘 필요성을 제기한다.

말하기는 곧 대화로 이어진다. 그리고 그 대화가 원활하게 수행되느냐, 못하느냐에 따라 소통의 성패가 나뉜다. 우리는 누구나 입시 혹은 취업을 위해 면접을 본 경험이 있다. 이때 말하기의 결과로 나에 대한 평가가 결정지어지고 그에 따른 처우도 달라진다.

누구나 말을 잘하면 좋겠지만, 간혹 말하기 방식 혹은 의도가 타인에게는 다른 의미로 전달될 수도 있다. 대화 상대는 말하는 이와 꼭 같은 환경에서 자라지 않았을 뿐만 아니라, 각기 다른 의미망을 가지고 대화를 진행하기 때문이다. 그 과정에서 벌어지는 사소한 오해는 대부분 사실 그 자체보다는 전달과정에서 비롯되는 것이 다반사이다.

» **말의 수위를 조절하는 방법**

    Ⅰ. 한 뜸 쉬어간다.

    Ⅱ. 말의 억양을 가라앉히거나 톤을 차분하게 바꾼다.

    Ⅲ. 표정이나 농담 등으로 분위기를 전환한다.

    Ⅳ. 말이 주제를 돌려 주변을 환기한다.

    Ⅴ. 대화 시간을 유예한다.

상대방과 말할 때는 말의 강도와 억양, 톤 등을 상대의 처지와 상황에 맞게 수위를 조절하며 말해야 효과적인 말하기가 된다. 그것이 선행되지 않으면 자칫 자신의 감정에 치우쳐 말실수하거나 다툼으로 번질 우려도 있다. 이럴 때는 말하는 중간에라도 말의 수위를 조절하는 방법을 활용해 자신의 감정을 정돈해야 한다. 즉 감정이 억제되지 않아 억양과 언성이 고조될 때는 스스로 말의 수위를 조절하는 등의 자제력을 발휘해야 한다.

3) 좋은 말하기 습관

말은 곧 화자의 성격과 인성, 인품을 대변한다. 대화의 현장을 떠올려보자. 말실수를 한 사람이 자신의 실수를 정정하지 않고 넘어간다면, 청자는 그의 인품을 의심하게 될 것이다. 또한, 내가 선행을 베풀었는데, 감사의 인사를 하지 않는 사람의 인성을 좋게 평가할 수 있겠는가.

또 시시때때로 나의 말에 반대하거나 말을 중간에 끊는 사람에게 좋은 인상을 받기는 힘들다. 이렇듯 대인관계 혹은 자신의 인품을 위해서라도 좋은 말하기 습관을 지닐 필요가 있다. 구체적으로 부정적인 말보다 긍정적이고, 우호적인 말을 쓰는 습관화가 되어 있어야 한다.

말은 단시간에 나오고, 순식간에 세상으로 퍼지는 특성이 있다. 상대를 비난하거나 부정적인 말은 관계에 악영향을 미친다는 점은 말할 필요가 없다. 다음은 Larry King이 제시한 최고의 화자들이 갖은 말하기 습관이다.

» **좋은 말하기 습관**

1. 익숙한 주제라도 '새로운 시각'을 가지고 사물을 다른 관점에서 바라보고 말한다.
2. 폭넓은 시야를 가지고 일상의 다양한 논점과 경험에 대해 생각하고 말한다.
3. 열정적으로 자기가 하는 일을 설명한다.
4. 자기 자신에 대해서만 말하려 하지 않는다.
5. 좀 더 알고 싶은 일에 대해서는 왜? 라는 질문을 던진다.
6. 상대에게 공감을 나타내고, 상대의 입장이 되어 말할 줄 안다.
7. 유머 감각이 있어 자신에 대한 농담도 꺼리지 않는다.
8. 말하는 데 자기만의 스타일이 있다.
9. 솔직함이 최고의 무기이다.
10. 특징이 아닌 장점을 말한다.
11. 대화가 끊기지 않는 질문을 한다.

4) 말버릇: 상대에 따른 화법

말은 흔적을 남긴다. 우리는 말을 주고받는 가운데 상대방에게 부정적인 감정을 느낀 경험이 있다. 그러한 경우는 대개 상대방의 말에서 내가 존중받는다는 느낌이 들지 않을 때다. 또 상대의 의도와 상관없이 상대방의 말버릇으로 괜스레 기분이 언짢아지는 경우도 많다. 그렇다는 것은 나 역시 상대방에게 그러한 실수를 저질렀거나 저지를 가능성을 내포한다는 말이다. 여기서는 관계를 악화시키는 말과 말버릇을 살펴 호전적인 말하기 방법을 모색해보도록 하자.

관계를 악화시키는 말	주의해야 할 말버릇
① 저속한 말	① "원칙대로라면"
② 상대와 상황을 가리지 않고 하는 경우	② "이걸 왜 못해?"
③ 쉴 새 없이 떠드는 경우	③ "잘못된 부분은 없겠지?"
④ 고압적이고 급한 성미	④ "우선 내 말 들어"
⑤ 공허한 설교	⑤ "내 말 들어, 틀림없으니까"
⑥ 뜬소문을 퍼뜨리는 사람	⑥ "능력 있으면 당신이 해"
⑦ 자기중심적인 사람	⑦ "역시 내가 대단하지"
⑧ 말과 실제가 다른 경우	⑧ "네가 할 줄 아는 게 뭐야?"
⑨ 야박한 말	⑨ "네가 하는 것이 다 그렇지!"
⑩ 자기가 똑똑하다고 생각하는 사람	⑩ "생각 좀 하고 살아"
⑪ 논쟁광	⑪ "왜 그렇게 네 생각만 하니?"
⑫ 잘못을 깨닫지 못하는 고집불통	⑫ "넌 너무 이기적이야."

상호 관계를 악화시키는 말과 말버릇은 본인도 모르게 하는 경우가 대부분이다. 그것은 언어 습관과 관련되는데, 하루라도 빨리 자신의 언어 습관을 점검하여 고치도록 노력해야 한다. 이러한 습관을 고치기 위해서는 다음의 방법을 활용하면 좋다.

① 잠시 말을 멈춘다. 말을 삼키고 한 박자 꾹 참아보는 것이다.
② 자기 성찰 혹은 관찰을 한다. 자신의 모습을 보면 고쳐야 할 습관을 쉽게 발견할 수 있다.
③ 메모를 붙인다. 자신의 말버릇을 메모지에 적고 자주 사용하는 핸드폰에 붙여 보는 것이다. 이는 수시로 자신의 말버릇을 확인하면서 의식적으로 고쳐가는 방법이다.

우리는 종종 빠른 다혈질의 성격을 지닌 사람과 대화하게 되고, 곧 그를 꺼리곤 한다. 다혈질 성격을 지닌 사람은 대화에서 자신에게 불리하거나 치명적인 상황에 놓이면 불같이 화를 내 대화를 잇지 못하고 언쟁으로 만드는 경우가 허다하기 때문이다. 또한 나 역시 상대와 의견이 달라서, 생각과 가치관이 달라서 등등의 상황으로 대화 중에 화를 낸 경험도 있을 것이다. 이럴 때는 다음과 같은 방법을 활용하면 도움이 된다.

① 마음을 가라앉힌다.
② 입을 닫고 경청한다.
③ 주의를 다른 곳으로 돌린다.
④ 입장을 바꿔 생각해본다.
⑤ 이성적 사고력을 키운다.

우리가 말을 할 대상은 고정적이지 않다. 물론 가족이나 친구 관계에서의 대화 빈도수가 높겠지만, 사회생활을 하다 보면 다양한 대상과 말을 주고받는 상황이 펼쳐진다. 그 사람은 나와 성격이 다른 사람일 수도, 나이 차이가 크게 나는 사람일 수도 있다. 또 교양 수준이 다른 사람일 수도, 직업이나 가치관이 다른 사람일 수도 있다. 이는 상대에 따라 다양한 화법을 구사할 줄 알아야 함을 의미한다.

> 2,000년 전, 공자는 제자들의 질문에 답할 때 그들의 성격을 살폈다.
> 한번은 공자의 제자인 중유가 물었다.
> "옳은 일을 들으면 행해야 합니까?"
> 공자는 안 된다고 했다.
> 다른 제자인 염구도 물었다.
> "옳은 일을 들으면 행해야 합니까?"
> 공자는 그렇다고 했다.
> 지켜보던 공서화는 공자의 대답을 이해할 수 없었다.
> "두 사람은 같은 질문을 했는데, 스승님은 정반대로 답하셨습니다. 왜 그리 답하셨는지 부디 가르침을 주십시오."
> 공자는 이렇게 대답했다.
> "염구는 스스로 물러나는 성향이 있어서 나아가라 한 것이고, 중유는 본래 잘 나서는 성격이라서 물러나라고 한 것이다."

글쓰기와 말하기 교육

5) 농담과 유머의 효과

우리는 매일 바쁘게 지내면서, 아무런 결과 없이 그저 유쾌한 것이 전부인 대화를 무의미하게 여길 때가 있다. 그러나 사람들은 바쁜 일상 속에서도 끊임없이 잡담을 주고받는다. 그리고 그러한 대화 속에는 언제가 '농담'이 있다. 이때, 농담은 실없이 장난으로 하는 말을 가리키는 말이다.

농담은 때론 사람들과의 관계를 친밀하게 만드는 수단이 되고, 지치는 일상에 활력을 심어주기도 한다. 또 때에 따라서 잘못된 농담은 나의 기분 혹은 상대의 기분을 나쁘게 만들 수도 있고, 상호 간의 신뢰를 잃게 만들수도 있다. 이는 어떻게 농담을 주고받느냐에 따라 상대와의 관계가 달라질 수 있다는 것을 의미한다.

» **농담의 효과**

① 언어를 통해 상대방의 정신을 순간적으로 긴장시킨다. 진심을 담은 뼈있는 농담이 그렇다.

② 적당한 타이밍에 맞추어 사람들을 웃기고 분위기를 고조시킬 수 있다.

③ 사람 간의 유대 관계를 형성하거나 우호적인 관계를 형성하는 수단이 된다.

» **농담할 때, 범하기 쉬운 과오**

① 이야기를 독점하거나 지나치게 오래 끄는 경우.

② 그 자리에 있는 다른 사람을 빗대어 이야기하는 경우.

③ 다른 사람에게 농담할 기회를 주지 않는 경우.

④ 다른 사람에게 수치감을 느끼게 하는 경우.

농담에는 세 가지의 이론이 있다. 첫째는 '불일치 이론', 둘째는 '우월성 이론', 셋째는 '긴장해소' 이론이다. 불일치 이론은 앞뒤가 맞지 않는 이야기, 현실적이지 못한 이야기가 농담이 되어야 재미를 느낀다는 이론이다. 농담이 지극히 정상적·현실적인 이야기라면 그것은 그 자체로 농담이 아닌 진담이 되어 그것을 받아들이는 사람 역시 가볍게 받아들이지 못하고 내용에 부담을 느끼게 된다.

우월성 이론은 농담의 대상이 되는 사람보다 자신이 우월하다는 느낌을 받을 때 즐거움을 느낀다는 이론이다. 우리가 시청하는 코미디 프로그램에서 바보 연기를 하는 배우를 보며 웃음을 참지 못하는 것이 우월성 이론에 해당한다.

그다음은 긴장해소 이론이다. 흔히 농담은 상황을 반전시키는 묘미에서 그 진가를 발휘하곤 한다. 심각한 상황이 이어지는 가운데 그것이 긴장하지 않아도 되는 것임을 드러내면 이내 안심하고 즐거움을 느끼게 된다는 말이다. 대부분의 농담은 웃음을 유발하기 직전에 긴장을 끌어낼 상황을 연출하고, 그것을 말 한마디로 뒤엎어 가볍게 풀어내곤 한다. 이러한 농담을 사용할 때는 반드시 지켜야 할 원칙이 있다. 그것은 상대방의 기분을 상하게 해서는 안 된다는 것과 인격과 어울리는 것 그리고 현재 상황에 들어맞는 농담이어야 한다는 것이다.

농담을 사용하는 방법에는 크게 네 가지가 있다. ① 우스운 이야기를 하고도 우습지 않다는 듯 시치미 떼는 방법 ② 심각한 분위기를 역전시키거나 어색한 상황을 얼버무리는 방법 ③ 취미생활처럼 사소하고 가벼운 농담을 활용하고 사교적인 모임에서는 심각한 농담은 피하는 방법 ④ 상대방이 더 듣고 싶어 할 농담의 주제를 선택하는 방법이 그것이다. 적당한 농담은 우리 생활의 여유를 더해주지만, 자칫 선이 넘는 농담은 상대방에게 불쾌감을 줄 수 있다는 점을 염두에 두어야 한다.

한편, 농담은 아니지만, 농담처럼 익살스럽게 웃음을 자아내는 표현이나 요소로 유머가 있다. 농담이 쓸데없이 장난으로 하는 말이라면, 유머는 익살을 포함하여 웃음을 자아내는 것을 말한다. 유머는 낡은 고정관념을 새로운 개념으로, 폐쇄석 사고를 개방석 사고로 바꾸는 능력을 지니고 있다. 우리가 흔히 유머러스한 사람이라고 칭하는 사람이 개방적 사고방식과 유연한 사고를 지닌 사람인 것도 그러한 이치다. 유머의 역할과 효과는 다음과 같이 정리할 수 있다.

① 구성원들 사이에 Win-Win과 같은 상생의 효과를 가져온다.
② 설득력과 호소력, 집중력을 배가시키는 프레젠테이션 수단이다.
③ 조직에 웃음과 활력을 주며 휴가보다 큰 힘을 발휘한다.
④ 스트레스를 해소하는 자정 능력을 갖추고 있다.
⑤ 인간의 진부한 것을 창조적인 것으로 바꾸는 능력을 발휘한다.

유머를 발휘할 때는 그에 따른 기술이 요구된다. 먼저 말하려는 내용과 유머를 연결해 말해야 하고, 경험한 사례를 이용하는 것이 중요하다. 말하려는 내용과 동떨어진 내용의 유머라면 청자의 공감을 얻어 내기 힘들며, 화자가 경험한 사례를 적용하여 말하면, 그 내용이 실재적인 현상이라는 것을 인지하게 되어 생동감을 느낄 수 있기 때문이다.

또한, 유머의 단계에서는 제스처와 표정을 활용하고 상대방의 반응을 관찰할 필요가 있으며, 인위적이지 않게 웃음을 보이며 자연스럽게 하되, 유머를 하는 자와 듣는 자의 공감대가 형성될 수 있도록 표현력을 길러야 한다. 덧붙여 타인을 대상으로 한 유머는 자칫 상대의 기분을 나쁘게 할 수 있음으로, 자신의 약점을 유머의 소재로 활용하는 것이 적당하며 유머 감각을 갖추고자 노력하는 마음가짐도 중요하다. 이러한 유머가 잘 통하지 않을 때는 소재 선정에 문제가 있지는 않은지, 대화 흐름이 매끄럽지 않은지, 청자가 긴장 상태에 놓여있는지를 점검해야 한다.

2. 말하기의 종류

1) 비판과 제안

① 비판

비판(批判)은 현상이나 사물의 옳고 그름을 판단하여 밝히거나 잘못된 점을 지적하는 것을 말한다. 그러나 우리는 일상에서 남의 허물을 드러내거나 꼬집어 나쁘게 말하는 비난(非難)과 이를 혼동하는 경우가 많다. '비판'은 '비평할 비(批)'와 '판단할 판(判)'을 써서 지적하는 행위라면, '비난'은 '헐뜯을 비(非)'와 '나무랄 난(難)'을 써서 말 그대로 나쁘게 말하는 행위에 가깝다. 한마디로 '비판'이라는 단어의 사전적 의미는 어떤 대상의 옳고 그름을 가린다는 뜻이며, 긍정적인 면이든 부정적인 면이든 상관없이 객관적으로 평가를 하는 것이다. 비난의 사전적 의미인 "남의 잘못이나 결점을 책잡아서 나쁘게 말함"과는 거리가 멀다.

우리는 특정한 잘못을 저지른 사람에게 "비판받아 마땅하다"라고 말하곤 한다. 그러나 정작, 비판 방법에 대해 심사숙고하는 경우는 보기 힘들다. 또 어떻게 비판을 해야 올바른 비판이 되는지도 난감한 문제가 될 수 있다. 그렇다면 비판은 어떻게 해야 하는가.

우선 다른 사람의 좋고 훌륭한 점을 들어 추어주거나 높이 평가하는 칭찬은 공개된 자리에서 이루어져야 하며, 비판은 개인에겐 치명적일 수 있음을 고려해 개인적으로 해야 한다. 또한 비판하는 대상은 비판받는 사람이 스스로 반성할 여지를 남겨주고 비판해야 한다. 그것은 비판받는 자에게 성찰의 기회를 부여하는 것이기 때문이다. 이때 맹목적 비판에 앞서 먼저 격려하고 나중에 질책하는 것이 좋으며, 극단적인 말은 피하는 것이 좋다. 무엇보다 중요한 것은 중복된 비판은 N번의 상처를 남길 수 있어서 반드시 일회적이어야 한다는 사실이다.

② 제안

제안(提案)은 어떤 일을 너 좋은 쪽으로 해결하기 위해 의견을 내는 것을 말한다. 우리는 살아가면서 사적으로든, 공적으로든 타인에게 어떤 의견을 안건으로 내어 제안할 경우가 생긴다. 제안 대상은 가족과 친구처럼 가까운 사이일 수도 있고, 업무상 알게 된 비즈니스적 관계일 수도 있고, 나보다 웃어른이나 선배, 직장 상사 등일 수도 있다.

나의 제안이 어떤 일을 좋은 쪽으로 이끈다 하더라도 누구나 제안을 수락하는 것은 아니다. 제안받는 사람은 그것이 자신에게 어떤 이익이 되는지를 따져보고, 어떠한 실익이 있는지를 떠올린다. 그리고 제안을 수락하게 되어야만 비로소 논의와 결정이 가능해지게 된다.

제안 방법은 일반적으로 구두(口頭)와 서면(書面) 두 가지 방식으로 이루어진다. 구두 제안은 의장에게 발언권을 얻어 제안하는 것이며, 서면 제안은 회의가 시작되기 전 미리 서류를 작성하여 제출하는 것을 말한다. 이러한 제안이 성립되려면 세 가지 조건이 갖추어져야 한다. 첫째는 행동으로 옮길 수 있는 것, 둘째는 처리할 수 있는 것, 셋째는 반드시 긍정적이어야 한다는 것이다. 이러한 조건이 성립되었다면 이제는 제안의 방법을 알아볼 차례다. 일반적으로 효과적인 제안 방법은 다음의 다섯 가지로 제시된다.

① 상대의 눈높이에 맞춰서 대화하자.
② 내 의견을 말하기 전에 상대의 생각을 먼저 인정하자.
③ 양면 제시와 단면 제시를 융통성 있게 활용하자.
④ 다른 사람의 입을 빌려 내 생각 말하자.
⑤ 상사에게 제안할 때는 상황을 살피자.

이러한 제안법은 그 대상이 나와 수평적인 관계일 때는 문제 없지만, 직장 상사 혹은 연장자가 대상이 될 때는 반드시 주의해야 할 점이 있다. 먼저 상대방의 입장에서 적절한 때를 선택해야 한다. 시도 때도 없이 제안한다면 상대방은 그것의 필요성을 크게 느끼지 못할 수 있다.

그다음에는 말하는 방식과 태도에 주의해야 한다. 이는 태도적 측면에 기여하는 것으로 제안받는 사람에게 자칫 무례한 인상을 준다면 그 제안은 수락되기 힘들기 때문이다. 그다음 상대방의 체면을 존중하며 말하되, 단일적인 방식이 아닌 다양한 방식으로 제안을 할 필요가 있다. 선택의 폭이 있는 제안과 그렇지 않은 제안은 그것을 수용하는 입장에서 느끼는 부담감의 차이가 클 수밖에 없다. 부담이 적다면 제안의 수락은 더욱더 수월해질 수 있다. 또한, 제안할 때는 나의 제안을 정확하고, 빠르게 그리고 단호하게 하여 나의 방안에 지닌 자신감을 드러낼 필요가 있다. 이는 신뢰도와 직결되는 문제이니만큼 명확한 자세가 중요하다는 것이다.

마지막으로 제안을 청한 후에 자신의 의견이 채택되지 않아도 실망할 필요는 없다. 제안은 언제나 상대방과의 협업을 위한 것이다. 물러설 줄 알고, 그칠 줄 아는 것은 큰 지혜이며, 제안의 조건이 부족하다 싶으면 채우는 것이 순서가 될 수 있다. 후퇴를 아는 자가 전진한다는 사실을 명심할 필요가 있다.

2) 토론의 실제

토론은 논제에 대해 찬성자와 반대자가 논리적으로 타당한 근거를 제시하여 상대방과 청중을 설득하는 의사소통 유형이다. 이는 서로의 입장을 관철하기 위해 자기의 주장을 논리적으로 펼치는 말하기로써, 우리에게 필요한 비판적 사고 능력과 비판적 듣기 능력을 향상시킨다. 이러한 토론의 진행 방법은 다음의 방식을 따른다.

» 토론 진행 방법

(사회자 시작멘트)

토론 시작하겠습니다. 주제는 「*****」입니다.

⬇

입론은 3분, 교차조사는 5분, 반론 5분, 최종변론 2분 30초입니다.

찬성 측 입론으로 토론 시작하겠습니다.

⬇

(찬성 입론) 3분

발언 시작해주십시오.

시간 다 사용하였습니다.

⬇

(반대 교차조사) 5분

다음은 반대 측 교차조사 해주십시오.

시간 다 사용하였습니다.

⬇

(반대 입론) 3분

이어서 반대 측은 입론 시작해주십시오.

시간 다 사용하였습니다.

⬇

(찬성 교차조사) 5분

찬성 측 교차조사 해주십시오.

시간 다 사용하였습니다.

⬇

(반대 반론) 5분

반대 측은 반론해 주십시오.

시간 다 사용하였습니다.

↓

(찬성 반론) 5분

찬성 측은 반론해 주십시오.

시간 다 사용하였습니다.

↓

(반대 최종변론) 2분 30초

마지막으로 각 팀 최종변론 듣겠습니다.

최종변론은 2분 30초입니다.

반대 측 먼저 최종변론하십시오.

시간 다 사용하였습니다.

↓

(찬성 최종변론) 2분 30초

다음은 찬성 측 최종변론 듣겠습니다.

시간 다 사용하였습니다.

(사회자 맺음멘트)

이것으로 「*****」에 대한 토론을 마치도록 하겠습니다.

양 팀은 심사가 끝날 때까지 밖에서 대기해주시기 바랍니다.

    토론이 성립되려면 그에 따른 요소가 마련되어야 한다. 토론의 요소는 토론자를 제외하면 크게 ① 주제 ② 논제 ③ 쟁점 ④ 주장 ⑤ 근거라고 할 수 있다. 먼저 주제는 대화나 연구 따위에서 중심이 되는 문제를 말한다.

    토론 주제와 논제는 '사실 주제', '가치 주제', '정책 주제'로 나뉜다. 사실 주제가 사실 여부 자체를 가리는 데 중점을 둔다면, 가치 주제 옳고 그름, 좋고 나쁨, 바람직한지 아닌지를 논하며, 정책 주제는 현 상황과 정책의 문제점을 인식하고 변화를 추구하는 문제를 다룬다.

    쟁점은 서로 다투는 중심이 되는 점을 말한다. 즉 토론에서 찬성 측과 반대 측이 서로 다투고자 하는 점이다. 이는 토론 주제가 만들어지는 원인

이면서, 토론자들이 찾아내고 다루어야 하는 결론이기도 하다. 어떤 쟁점이 존재하기에 토론 주제로 채택이 되지만, 주제가 정해진 상태에서 토론에 임하는 토론자들은 주제를 가지고 쟁점을 찾아내야 한다.

주장은 자기의 의견이나 주의를 굳게 내세우거나 그런 의견이나 주의를 말한다. 이는 증거와 논증을 통해 도달하게 되는 결과라고 할 수 있다.

근거는 어떤 일이나 의논, 의견에 그 근본이 되거나 그런 까닭을 말한다. 청중이 토론자의 주장을 받아들일 수 있도록 돕는 사실이나 견해 등의 객관적 자료를 말한다. 사례, 통계, 전문가의 견해, 각종 수치 등이 주로 근거 자료로 활용된다. '① 국민에게 교육받을 권리가 있다'는 주중에 대해 토론자는 '헌법 31조 1항'을 근거로 들고 있다. 이 네 가지 요소 외에 한 가지 추가한다면 '논증'을 들 수 있다. 이때 '논증'은 상술한 요소를 모두 한데 묶는 역할을 한다고 볼 수 있다.

토론의 유형을 분류하면 너무나 많은 토론이 있지만, 우리가 쉽게 접하는 유형에는 '자유 토론', '교육 토론', '법정 토론' 등이 있다. 자유 토론은 순서나 형식에 구애 없이 자유롭게 발언하는 형식의 토론이고, 교육 토론은 교육적 주제를 안건으로 우리 사회에 필요한 교육 제도나 문제점 등을 의논하는 토론이다.

법정 토론은 법정에서 피고 측과 변호인 측으로 나눠 진행되는 것과 같은 형식이다. 이는 원고, 피고, 판사, 사건의 증물, 증인 등으로 역할을 나눠 진행되므로 역할 놀이가 접목된 활동으로 볼 수 있다. 이러한 토론은 다음과 같은 순서로 진행된다.

① 전개: 논증을 제시 및 뒷받침하는 단계로 서술, 설명, 증명이 이루어진다. 논제를 조사하는 능력이 필요하다.

② 충돌: 논증을 적절히 반박하는 단계. 상대 진영이 제시한 의견에 대해 비판적인 눈으로 검토하여, 그 논증의 약점, 결함, 비일관성 등을

지적한다. 상대 진영의 의견을 거부하는 특정한 이유를 제시할 수 있어야만 한다.

③ 확장: 반박에 대하여 논증을 옹호하는 단계. 반대자가 의견을 비판한 것에 대해 답변을 내야 한다. 의견 개진, 반박, 옹호, 재반박, 재옹호와 같은 비판적 분석의 주기를 형성하여 토론이 마무리될 때까지 이어간다. 가장 활발한 의견 교환이 이루어지기 때문에 지적 자극이 크다.

④ 조망: 개별 논증을 더 큰 논제와 직접 관련짓는 단계. 결정을 위해 제시된 논증과 의견에 대해 결론을 내린다.

토론은 정해진 시간과 발언 시간, 발언 순서의 규정이 있다. 사안에 대해 긍정하는 측부터 발언을 시작하며, 논제는 하나의 주장을 포함하는 긍정 명제로 한다. 또 논박 시간은 쌍방이 같으며, 모든 토론은 구두로 진행한다. 이외에도 다음 사안을 유념해 토론을 진행해야 한다.

① 나의 비판은 다른 사람을 향한 것이 아니라 다른 사람의 견해를 향한 것이다.

② 목표는 토론에서 이기는 것이 아닌 바람직하고 실현 가능성이 큰 결론을 얻는 것이다.

③ 나는 참여자가 토론에 참여할 수 있도록 격려하면서 자신도 토론을 통해서 배운다.

④ 설사 동의할 수 없는 의견이라도 해도 모든 상대방의 의견에 귀를 기울인다.

⑤ 누군가 자기 생각을 충분히 표현하지 못했다는 생각이 들 때는, 최대한 그에게 다시 말할 기회를 주고 그를 이해하려 노력한다.

⑥ 다른 사람의 견해를 비판하기 전에 먼저 모든 의견을 충분히 경청한다.

⑦ 토론을 통해 내가 변화해야 한다.

글쓰기와 말하기 교육

토론을 진행할 때는 다음과 같은 사항에 유의할 필요가 있다. 먼저 토론은 찬성과 반대가 맞붙어 논쟁하는 것이라는 사실이다. 이는 미리 정해진 답이 없다는 것을 뜻한다. 그러므로 상대를 이기려고 억지를 쓰면 안 된다. 또한 토론에서는 상대방의 주장도 옳고 나의 주장도 옳다는 말은 허용될 수 없다. 상대방의 주장이 틀렸다거나, 나의 주장이 옳다는 것 중에서 선택하여 근거를 제시하고 상대방을 설득시켜야 한다. 덧붙여 토론에서 상대의 말에 반박할 때에는 상대방이 말하지 않은 것을 말해서는 안 된다. 그러므로 상대방이 말하는 것을 매우 주의 깊게 듣고, 필요하면 메모를 해 두어야 한다.

3) 설득의 방법

우리 삶은 설득하고, 설득당하는 상황의 연속이다. 타당한 근거를 지닌 화자는 그에 걸맞은 메시지를 이용하여 청자를 동화하게 만들고, 그것은 곧 설득으로 이어진다. 이러한 설득의 요소 역시 화자, 청자, 메시지로 나눌 수 있다. 그렇다면 어떻게 해야 원만한 설득이 이루어질 수 있을까.

먼저 화자는 청자에게 신뢰를 얻어야 한다. 화자의 인품, 성향, 지식, 권위 등은 청자에게 화자의 능력과 신뢰를 드러내는 요인이다. 화자가 자신이 설득하고자 하는 메시지와 관련한 지식과 정보를 파악하고, 그 분야에 전문적 권위를 지니고 있다면 청자의 신뢰도는 상승할 수밖에 없다. 덧붙여 제시한 메시지를 감당할 판단력과 전문적인 식견을 지니고 있다면 금상첨화다.

또한, 자신이 설득하려는 내용에 대한 총체적 이해를 갖추어야 한다. 막연하거나 불명확한 사실, 잘못된 근거를 활용해 설득한다면 신뢰도가 떨어질 수 있다. 그다음은 자신의 위치에 어울리는 인성과 인품을 겸비하는 것이다. 이는 청자에게 인간적인 믿음을 심어주는 요소이다. 이를 위해 자신이 하는 일에 대한 열정과 진실성, 타인을 배려하는 마음을 지녀야 한다.

　마지막으로 자신만의 매력 혹은 카리스마를 갖추는 것도 설득이 상황에서 큰 도움이 된다. 이는 대중의 마음을 자신에게 동화시키는 자질이기도 하다. 매력과 카리스마를 지닌 사람은 다수의 흥미를 불러일으키고 그의 주장에 동조하게 하는 능력을 지니고 있다.

　설득은 상대를 변화시키려는 목적을 수반한다. 이러한 설득의 기본조건에는 '상호성의 원리', '공손성의 원리', '일관성의 원리'가 포함된다. 상호성의 원리는 설득이 상호의존적임을 드러내는 것이다. 즉 설득의 상황에서 화자는 자신만의 주장을 강요하기보다는 청자와 설득의 메시지를 구성하며 청자의 반응에 따라 그 내용을 조율해나가는 것이다. 이는 화자가 청자에게 일방적으로 행동을 지시하는 것이 아닌 그를 이해하고자 상대를 포용하려는 노력이다.

　그다음 공손성의 원리는 자기중심적 생각을 역지사지의 관점에서 표현하여 설득하는 방법이다. 이는 설득의 과정에서 벌어질 수 있는 오해와 대립을 최소화하고, 타인에 대한 배려를 통해 상호 간의 소통과 교류를 만들어낼 수 있는 원리이다.

　일관성의 원리는 설득하고자 하는 메시지가 타당하고 논리적이며, 그것을 주장하는 태도의 일관성을 말한다. 우리가 설득하거나 당하는 상황에서는 그 메시지의 정당성과 구체성을 확인하게 되는 것도 이와 일맥상통하는 부분이다. 설득은 화자와 청자 사이의 관계를 통해 이루어지거나 화자의 메시지를 통해 이루어지곤 한다. 이러한 설득의 방법은 다음과 같다.

① 화자 중심 방법

　화자가 지닌 권위와 지위 등을 활용하여 상대방을 설득하는 방법이다.

대개 청자는 설득의 상황에서 화자가 지닌 능력, 지위, 권력, 지식, 경험 등에 의존하게 된다. 이러한 방법의 유형에는 보상 혹은 체벌의 항목을 제시하거나 자신의 능력을 과시하는 방법을 주로 사용한다.

② 청자 중심 방법

화자와 청자의 친근감을 매개로 상대방을 설득하는 방법이다. 이러한 방법에서는 상대방의 권위를 인정하고 체면을 세워주며, 호의를 베푼다거나 공통의 경험 제시, 친밀감 형성 방법이 활용된다. 친밀한 관계에서 베풀어지는 호의는 둘의 유대감을 강하게 만들고, 호의를 받은 사람은 그것에 대한 응당한 호의를 다시 베풀어야 한다는 상호성을 띠게 된다. 요컨대 우리는 상대방에게 선물을 받으면 감사한 마음으로 다시 상대에게 선물해야 한다고 생각하는 것과 같은 맥락이다.

③ 메시지 중심 방법

화자가 청자에게 제시하는 메시지 자체의 논리적 타당성에 초점을 둔 방법이다. 설득하고자 하는 메시지는 정확하고 투명해야 하며 타당한 근거를 지녀야 한다. 요컨대 메시지가 드러내는 자료(구체적 증거)를 통해 청자에게 신뢰를 얻었다면, 설득의 반은 성공한 것이다.

4) 다양한 대화법

① 거절의 대화

대화 상황에서는 상대의 제안이나 부탁을 거절하게 되는 경우가 발생한다. 특히 가까운 사이에서의 부탁은 선뜻 거절하기 어렵다. 그렇다고 무조건 부탁을 수용하면, 그에 따른 문제가 발생할 수도 있다. 요컨대 부탁한 사안이 이루어지지 않으면 부탁한 사람과 부탁받은 상호 간의 감정적 대립과 갈등이 생길 수도 있다.

그렇다고 무턱대고 모든 부탁을 수락할 수도, 또 거절할 수도 없다. 따라서 거절할 때는 상대방의 감정을 상하지 않게 하는 것이 중요한 요소라고 할 수 있다. 여기서 간과하면 안 되는 점이 거절은 부탁만큼이나 신중하게 해야 한다는 사실이다.

대화 상황에서 거절하는 경우는 대화 참여자 간의 의도가 일치하지 않는 경우다. 그렇더라도 거절할 때는 부탁 혹은 제안을 한 상대방의 체면과 인격을 존중하고, 감정이 상하지 않도록 주의를 기울여야 한다. 이러한 거절을 이끄는 방법으로 대안을 제시하거나 타당한 이유를 알리는 것이 중요하다. 대안을 제시하지 않거나 거절의 타당한 이유가 없다면, 상대방은 자신의 의견이 무시되었다는 생각에 감정이 상할 수밖에 없다.

② 위로의 대화

위로는 상대방의 괴로움이나 슬픔을 달래 주려 따뜻한 말이나 행동을 베푸는 것을 말한다. 힘든 처지에 놓인 사람에게 건네는 위로는 기운을 북돋아 주고, 새로운 용기나 삶의 활력을 만들어 준다. 무엇보다 진정한 위로가 되려면 상대방에 대한 공감과 격려가 선행되어야 한다.

위로는 더불어 사는 사람이 서로 의지하며 살아갈 힘이자 힘든 삶을 견뎌낼 수 있는 원천임을 명심해야 한다. 여기서는 좋은 위로의 방법을 제시하여 상대방의 고통과 무기력, 부담과 슬픔을 덜어주는 방법을 익히고자 한다.

① 귀 기울여 들어주기(경청). 때론 상대방의 힘든 일을 들어주는 행위만으로도 큰 힘이 되어 줄 수 있다. 이는 위로의 첫 단계로써, 질문이나 이야기를 의심하지 않고 시원하게 사연을 다 들어주는 것을 말한

다. 즉 무조건적 경청이 성공적인 위로를 끌어내는 실마리가 될 수 있다.

② 속마음을 털어놓을 수 있도록 도와주기. 우리는 상대방의 고민을 최대한 빨리 해결해주기 위해 말을 재촉하는 경우가 있다. 그럴 때일수록 상대방을 기다려 주는 여유가 필요하다. 왜냐하면, 상대방이 고민을 이야기하고 도와야 하는 것에는 상대방이 원하는 시기가 있기 때문이다. 고민이 생겼을 때, 그것을 즉각 말하는 사람이 있는가 하면 신중하게 성찰하고 사고하며 결론을 내는 사람도 있다. 위로하는 사람에게 필요한 것은 상대방의 고통에 관심을 두고 최대한 그가 속마음을 털어놓을 수 있는 환경을 제공하는 것이다.

③ 상대방의 감정 이해하기. 이는 공감의 다른 말이기도 하다. 상대방의 기분을 있는 그대로 느낄 때로서야 진정한 위로가 시작될 수 있다. 왜 그렇게 생각하는지, 무엇이 문제인지, 이성적으로 상황을 정리하고 문제를 지적하기보다는 상대방의 상황에서 최대한 감정이 공유되도록 교감하려는 노력이 중요하다. 무엇보다 위로에 대한 관점은 사람마다 다르다는 점을 염두에 두어야 할 필요가 있다. 나에게는 위로가 되었던 누군가의 행동도 다른 사람에게는 전혀 도움이 안 될 수도 있다. 따라서 상대방이 처한 상황과 느끼는 감정에 주의를 기울이고 그에 천착하는 태도가 무엇보다 중요하다고 할 수 있다.

④ 적절한 위로의 표현을 건네기. 힘이 든다는 친구에게 무작정 "힘내!", "괜찮아!"라고 말하는 것은 역효과를 불러올 수도 있다. 그러한 위로의 말은 하나 마나 한 것이 되기도 하고, 자신의 고민을 가볍게 여긴다고 생각할 오해의 소지가 되기도 한다. 따라서 억지스러운 위로의 말보다는 상황에 적절한 위로의 말을 건넬 수 있도록 상대의 말에 귀를 기울이고 해당 상황에 어울리는 위로의 말을 찾아 건네야 한다.

② 사과의 대화

사과는 자기의 잘못을 인정하고 용서를 비는 행위를 말한다. 이는 용서의 행위가 담보되지 않는다는 점에서 선뜻 하기 힘들며, 그 어떤 대화보다도 많은 용기가 필요한 말하기다. 특히 사과는 사과한 사람이 전적으로 그 책임을 감수해야 한다는 사실과 그에 따른 명예 실추에 따라 쉽게 이루어지지 않는 말하기다. 또 건성으로 하는 사과는 자칫 상대방의 감정을 더 좋지 않게 만들어 역효과를 내기도 한다.

사과의 대화를 나누는 것은 복잡한 과정을 거치지 않는다. 자신의 잘못을 명확하게 제시하고 그것에 대해 미안하다, 죄송하다, 잘못했다 등의 말을 하는 것으로 시작된다. 자신이 무엇을 잘못했고, 그 사안에 대해 어떻게 생각을 하고 있으며, 차후에는 어떠한 모습을 보이겠다는 다짐이 사과 과정의 전부이다. 그 과정에서 사과하는 사람이 자신의 행위에 대해 변명한다거나 핑계 댄다고 사과받는 사람이 느끼면 좋은 결과를 장담할 수 없다. 구차하게 잘못을 변명하기보다는 진심 어린 사과가 큰 효과를 일으킬 수 있음을 명심해야 한다. 무엇보다 사과에서 중요한 것은 같은 실수를 반복하지 않겠다는 다짐 혹은 후속 조치의 제시이다. 반복된 실수와 말뿐인 사과는 상대방에게 본인에 대한 신뢰성을 떨어뜨리는 요인이기 때문이다.

제2부

읽기와 듣기 교육

1. 읽기의 의미

'읽기'는 인간만이 수행하는 행위이다. 인공지능은 코드화 해독 작용을 통해 글 자체를 소리 내어 읽고 발음할 수 있지만, 그 내용에 내포된 맥락과 의미를 이해할 수는 없다. 이는 읽기가 존재론적으로 자신을 확인하고, 타인을 이해하는 능력임을 말한다. 우리는 타인과 소통하는 과정은 물론 지난 시절의 기록을 '읽기 행위'를 통해 이해하고 받아들인다. 읽는다는 것은 문자 그 자체를 해독하는 능력이기도 하지만, 문자 이면에 숨겨진 의미와 의도를 이해하는 것까지를 포함한다.

기본적으로 읽기는 인쇄된 문자나 글로 쓴 것으로부터 뜻을 얻어 내는 인지 과정이다. 그리고 책 읽기를 '독서'(讀書)라고 한다. 무언가를 읽는 사람은 '독자'(讀者)라고 한다. 또한, 읽기는 언어 습득, 의사소통, 정보나 생각 공유를 위한 수단이다. 책을 효율적으로 읽는 사람은 인쇄된 문자열을 언어의 소리로 번역하는 기술을 사용하며, 형태소, 의미론, 통사론, 실마리를 사용하여 알지 못하는 낱말의 뜻까지도 파악할 수 있다.

2. 읽기의 과정과 종류

읽기의 과정은 두 단계로 진행된다. 하나는 텍스트를 읽고 필자와 소통하는 단계이며, 다른 하나는 그것을 자기화하여 재해석하는 것이다. 이는 자칫 비슷한 과정으로 여겨지지만, 전혀 다른 차원의 행위이다. 전자가 텍스트의 주제와 소재, 내용 등을 파악하여 텍스트가 말하고자 하는 바를 찾아내는 것을 말한다면, 후자는 텍스트를 스스로 체화하여 독자 나름의 관점으로 그 텍스트의 의미를 해석하는 것이다. 이는 읽기 행위를 통해 습득한 텍스트의 내용을 자신의 사유를 통해 의미를 부여하는 작업이라고 할 수 있다.

이러한 '읽기'는 독자가 필자가 쓴 글의 내용을 이해하는 것을 기본 전제로 한다. 독자는 글을 읽으며 필자가 제시한 정보를 받아들이며, 자신의 배경지식을 토대로 글의 의미를 구성한다. 그 과정에서 독자는 필자와 상호 의사소통을 하게 되는데, 읽기를 통해 필자가 전하려는 메시지를 독자가 해석하는 과정은 '대화적 양상'을 띠게 된다. 그것을 따르다 보면, 독자는 필자가 전하는 메시지뿐만 아니라 그것의 의미를 자신에 관점에 따라 해석하며 이는 곧 새로운 지식 창출로 이어진다. 즉 읽기 행위를 통해 지식을 얻고 이를 토대로 독자는 다시 새로운 지식을 만드는 것이다.

1) 통독(通讀)

글이나 문장, 혹은 책 등을 처음부터 끝까지 제목, 차례, 문단의 주제 등 처음부터 끝까지 훑어 읽는 읽기 방식이다. 이는 글의 주제와 맥락을 파악하려 두루 읽는 방법이다.

2) 묵독(默讀)

묵독은 글을 소리 내지 않고 읽는 것이며 속으로 책의 내용이나 의미를 이해한다. 소리 내지 않고 속으로 글을 읽는 행위는 읽기 방법 중 가장 많이 사용된다. 음독이 글자 단위의 읽기라면 묵독은 문장 단위, 의미 위주의 읽기 방식이다. 눈으로만 읽기에 능동적 사고형태가 가능하며 입으로 읽는 것보다 빠르게 읽을 수 있다. 글의 내용을 정확하고 제대로 이해하기 위해서는 음독보다 묵독이 낫다.

현대에는 신문이나 책, 기사 등 다양한 방식의 글이 쏟아지면서 읽을거리가 많아져 조용히 빠르게 읽을 수 있는 묵독의 중요성이 인정되는 추세이다. 또한, 이해도나 속도, 독서량으로 볼 때 음독보다 월등한 장점이 있다. 그러나 묵독은 음독의 단계를 충분히 거쳐야만 키울 수 있는 독서의 방법이기에 두 가지를 독서의 방법으로 적절히 활용하는 것이 필요하다.

3) 정독(精讀)

글을 읽을 때 뜻을 알고 생각하고자 하는 부분에서, 앞뒤 문장에서 문장에 대한 각각의 연결, 단어의 연결을 보고 해당 문장이나 단어의 의미를 생각하고 새겨가며 읽는 읽기 방식이다. 이는 책의 내용을 처음부터 끝까지 세밀하고 구체적으로 생각하여 읽는 것으로 다독이나 속독과 달리 글자와 낱말의 뜻을 하나하나 알아가며 자세히 읽는 독서법이다. 모르는 단어나 의미를 그때그때 해결하고 문장이나 단락이 내포하는 의미를 놓치지 않고 자신의 것으로 흡수하려는 태도가 필요하며 다른 독서 방법보다 비교적 시간이 오래 걸린다. 다독이나 속독은 책을 많이 읽고 빨리 읽어 좋은 점도 있지만, 다 읽은 후에 머릿속에 남는 것이 적고 단편적일 수 있다. 반면 정독은 책의 내용을 구체적으로 상상하며 판단할 수 있고 머릿속에 글의 내용을 잘 정리하며 읽을 수 있어서 책의 내용을 깊게 이해하는데 좋은 독서 방법이다.

4) 미독(味讀)

책이나 문장을 충분히 음미하면서 읽는 읽기 방식이다. 예컨대, 소설에 나와 있는 표현 방식을 기준으로 감동적인 부분은 감동적인 느낌으로 읽고 또 흥미진진한 부분은 흥미진진하게 생동감을 느끼면서 소설 속의 상황을 떠올리며 읽게 된다. 아니면 소설 속의 등장인물이 된 것처럼 소설 속에서 나타나는 것 중 독자가 소설 속의 상황이나 등장인물의 기분을 실제 처한 상태에 있다고 생각하며 읽는 것이다.

5) 속독(速讀)

이해와 기억에 몰두하지 않고 읽기 속도를 빠르게 하는 읽기 방식이다. 여기에는 덩이 짓기, 하위 발성(subvocalization)을 포함한다. 현실적으로는 읽기의 종류에 '일반 속도'와 '빠른 속도'의 절대적 구분은 없다. 그 까닭은 모든 독자가 속독에 쓰이는 기법들(이를테면 한 글자 한 글자에 집중하지 않고 낱말을 식별, 모든 낱말을 소리 내어 읽지 않음, 사소한 것들은 지나치며 읽기 등)을 일부 사용하기 때문이다. 속독의 특징은 속도와 이해 간 균형을 맞추는 분석이며 연습에 따라 이러한 속도를 개선할 수 있다

3. 읽기의 단계

읽기의 단계는 글을 읽을 때 자신의 경험을 이입하고 글과 관련된 지식을 활용하는 것처럼 효율적 독서를 위해 거쳐야 할 과정을 말한다. 효율적 독서를 위해 글을 읽는 절차를 거쳐 체계적으로 이해하는 것이 좋으며, 구체적으로 읽기 전 활동, 읽는 중 활동, 읽은 후 활동 등의 단계를 밟으며 읽어야 한다. 글을 읽기 전에는 글을 읽는 목적을 확인하고, 글에 관한 배경지식을 활성화해야 한다. 어떤 내용으로 이루어질지 예측하거나 질문하는 방법이 있다. 글을 읽는 중에는 읽기 전 예측한 내용을 확인해 나가며 숨겨진 의미나 집필 의도, 전체적인 내용의 사실성, 논리성, 타당성 등을 파악해야 한다. 읽은 후에는 중심 내용을 요약하고 주제를 파악하여 새로 언

게 된 깨달음이 있는지 생각해야 한다. 깨달은 내용의 실천 방안이나 활용 방안 등을 모색하는 것도 좋다.

1) 읽기 전 활동

① 글을 읽는 목적을 확인한다.
② 글을 읽을 마음의 준비를 한다.
③ 글의 내용을 예측해본다.
④ 배경지식을 활성화한다.

글을 읽기 전에는 읽는 목적을 분명히 할 필요가 있다. 이는 책을 읽고 싶은 마음을 갖도록 하는 동기 부여가 되기 때문이다. 이 글을 내가 왜 읽어야 하는지, 어떤 점에서 이 글이 내게 유용한 것인지 등을 소개 글 등을 읽으며 마음의 준비를 하는 것도 중요한 활동이다. 이와 더불어 읽기 전에 글의 내용을 예측해보는 것도 중요하다. 요컨대 글을 읽기 전에 차례, 이야기 앞부분, 또는 글 전체를 얼핏 보고 그 글에 어떤 내용이 있을 것인지 예측해보는 것이다. 글을 읽으며 예측한 것이 맞는지 계속 확인하고 새로운 예측을 하게 된다. 예측하면서 글을 읽으면 다음과 같은 사항을 알게 된다.

첫째, 읽을 글의 종류를 알게 된다. 신문 사설인지, 이야기인지, 광고인지, 교과서인지, 그리고 편지나 그 밖의 무엇인지 알게 된다.

둘째, 우리가 읽은 책의 내용에 대해 이미 우리가 알고 있는 것이 무엇인지 파악하게 된다.

셋째, 그 글을 얼마나 주의 깊게 읽을 것인지 결정할 수 있게 된다. 모든 단어를 자세히 읽을 것인가, 대충 훑어볼 것인가 등을 알게 된다.

글을 읽기 전에 예측해보는 활동을 통해 학습자는 글을 읽는데 흥미를 지니고 더욱 적극적으로 읽게 된다. 또 전체 구조를 파악하며 읽게 되어 글의 내용을 깊이 있게 이해한다. 예측해보는 활동에는 자연스럽게 자신의 경험이나 지식을 끌어오는데, 이를 활용하여 글을 읽어나가는 과정에서 글의 내용을 자신의 삶과 더욱 적극적으로 연결 지어 보게 된다.

독해에 관한 최근 연구 결과 중의 하나는 배경지식 없이는 어떠한 독해도 있을 수 없다는 것이다. 배경지식은 모호한 단어의 해석, 문장 간의 추론, 예측, 정교화를 할 수 있게 한다. 많은 연구가 독해에서 발생하는 문제가 실제 배경지식의 부족 때문에 생긴다는 것을 밝히고 있다. 이러한 배경지식을 활성화하는 방법에는 여러 가지가 있을 수 있다. 예컨대, 글과 관련하여 자기 머릿속에 떠오르는 것을 브레인스토밍해 보게 할 수 있다. 또, 서사적인 글이라면 장면이나 인물을 보고 관련 장면을 상상해 보게 하거나, 글의 어떤 내용을 자신의 일상생활이나 이전에 읽었던 다른 글과 비교해 보게 할 수도 있다. 이러한 방법을 통해 배경지식을 활성화했을 때, 독자는 책에 흥미를 갖게 되고 그 책의 내용을 쉽고 깊이 있게 이해하게 된다.

2) 읽기 중 활동

① 글의 구조를 생각하며 읽는다.
② 책의 내용을 자신의 표현으로 바꾸어본다.
③ 책을 읽으며 떠오르는 질문에 대한 답을 찾으며 읽는다.
④ 필자의 입장이나 주장에 대해 긍정적/비판적 시각을 지니며 읽는다.
⑤ 자신의 관점에서 판단하며 읽는다.

글을 읽는 과정에서 글의 전체적인 구조를 파악하며 읽는 것은 중요하다. 글 구조에 대한 논의는 다양하지만, 설명적인 글은 보통 다음 다섯 가지 구조로 되어 있다. '시간 순서대로 나열된 시간 구조', '일련의 사실이나 생각을 순서대로 나열한 열거 구조', '둘 이상의 사람, 사물, 사건 사이의 유사점이나 차이점을 서술한 비교와 대조 구조', '어떤 사건의 원인과 결과를 밝혀 놓은 인과관계 구조', '어떤 문제와 해결책을 제시한 문제 해결 구조' 등이 그것이다. 글을 읽는 과정에서 구조를 파악함으로써 쉽고 체계적으로 글을 이해하도록 도와줄 수 있다. 이렇듯 글의 구조를 파악하며 읽으면 글의 내용을 더 많이 회상할 수 있다. 또 부분(문장, 문단)과 부분과의 관계를 쉽게 파악하며 전체 줄거리를 더 잘 이해할 수 있다.

읽기는 어떤 종류의 질문을 제기하고 이 질문에 대해 답을 찾아 나가는 과정이다. 이렇게 보면, 읽기 능력의 중요한 구성 요소 중 하나는 구체적인 질문을 할 수 있는 능력이며, 활자화된 글에서 이들 질문에 대한 답을 어떻게, 어디에서 얻을 수 있는지를 알아내는 능력이다.

질문 제기는 글을 읽기 전에 필수로 해야 한다. 글을 읽기 전에 글의 제목이나 삽화 등을 보고 이 글에 어떤 내용이 포함되어 있을지 예측해보는 질문은 중요하다. 글을 읽는 동안에 계속 이들 질문을 유지하고 질문에 대한 답을 찾게 하는 것도 마찬가지다. 글을 읽는 과정에서 제기한 질문에 문제가 있다고 판단되면 질문을 수정하거나 다른 질문으로 대체해야 한다.

3) 읽기 후 활동

① 글의 내용을 요약하고 독후감을 쓰거나 정리한다.
② 글의 주제와 필자의 메시지를 파악한다.
③ 새로 알게 된 지식을 확인하고 적용해 본다.
④ 기존의 장르에서 다른 장르로 바꿔 본다.
⑤ 자신의 독서 행위를 성찰해본다.
⑥ 나름의 관점에서 글을 의미를 해석해본다.

⑦ 다른 사람들과 글의 내용을 토의한다.

읽은 뒤에 할 만한 활동에는 여러 가지가 있다. 학교 현장에서는 한 권의 책을 읽고 난 뒤 천편일률적으로 독후감을 쓰게 하곤 한다. 독후감 작성이 필요할 수도 있지만, 이런 식의 독후감 쓰기가 책을 멀리하게 하는 요인이라는 점도 생각해봐야 한다. 읽고 난 뒤 활동은 읽은 내용을 다시 되새겨 보고 그 내용을 심화 이해하게 하며, 읽은 내용을 감상할 기회를 줌으로써 읽은 것을 자기 것으로 만들게 하는 데 목적이 있다.

읽은 후에 읽은 글을 다른 장르로 바꾸어보는 것도 하나의 좋은 방법이다. 한 편의 이야기를 읽고 난 뒤에 이 이야기에서 가장 중요하다고 생각하는 부분, 또는 이야기를 읽고 느낀 점을 시 형태로 표현해 볼 수도 있다. 이 과정에서 독자는 읽은 글을 다시 한번 되새기게 된다. 또 이러한 활동은 읽고 쓰고 말하고 듣는 활동이 통합적으로 이루어진다는 점에서 의미가 있으며, 독자들이 흥미를 지니고 적극적으로 참여하게 된다는 점에서 의의가 있다.

글을 읽은 뒤에 글의 내용을 토의해 보는 것도 유용한 방법이다. 글쓴이에 대해 토의를 할 수도 있고, 구체적인 내용에 대해서도 토의를 할 수 있다. 토의할 때 중요한 것은 토의 거리를 제공하는 것이다. 토의 거리가 독자들에게 흥미가 없고 뻔한 내용이면 독자들은 활동에 적극적으로 참여하지 않는다. 토의보다는 토론에 가까운 것이지만, 종종 논쟁이 될만한 것에 대해 토의하게 해 보는 것도 좋다. 그런데 토의를 진행하다 보면 자칫 한두 사람이 토의를 주도해 버리는데, 이때에는 모둠에서 토의한 결과를 발표할 때 서로 돌아가며 하게 되거나 주도하는 학습자를 사회자 위치에 서게 하는 방법, 모둠 내에서 각자에게 하위 주제를 나누어 제시하는 방법, 함께여야만 하는 주제 제시 방법, 모둠의 구성원 수를 줄여 2~3명으로 하는 방법 등이 있을 수 있다.

읽기와 듣기 교육

읽기란 의미를 재구성하는 하나의 과정이다. 그런데 독자의 적극적인 참여 없이 의미는 재구성되지 않는다. 위에서 소개한 활동을 통해 적극적으로 읽기 활동에 참여하도록 할 필요가 있다. 일반적으로 능숙한 독자는 다음과 같은 특징을 가진다.

① 분명한 목적을 가지고 글을 읽고, 목적에 따라 읽는 방법을 달리한다.

② 읽는 내용과 관련하여 자신의 경험과 지식을 적절히 활용한다.

③ 글을 읽는 과정에서 자신의 읽기를 스스로 점검하고 통제한다.

④ 글에 나타난 여러 가지 정보를 종합적으로 파악하고 글을 전체적으로 파악한다.

⑤ 읽은 내용을 다른 상황에 적용할 수 있는 능력을 지니고 있다.

1. 올바른 듣기

대다수 사람은 의사소통 중에서 가장 유용한 것을 말하기라고 생각한다. 그것은 말하기가 자기 생각을 타인에게 전달하는 가장 직접적인 수단이라는 점에서 비롯된 것이다. 그러나 정작 말하기보다 중요한 것은 듣기다. 대화의 현장을 떠올려보자. 말하는 사람이 있다면 듣는 사람이 있기 마련이다. 아무리 혼잣말을 해도 그 말을 듣는 '나'라는 대상이 없다면 혼잣말은 어떤 의미도 지니지 못한다. 즉 말하기는 듣기 없이는 이루어질 수 없는 행위이다.

듣기의 시작은 화자의 말하기에 대한 이해부터다. 이를 위해 화자가 전달하려는 메시지와 감정, 상황 맥락을 파악해야 한다. 우리가 일상의 대화에서 자주 하는 실수는 상대방의 말에 귀를 기울이지 않아서 엉뚱한 답변을 하게 되는 경우이다. 이는 화자와 청자가 감정의 전이를 이루지 못할 때 발생하곤 한다. 즉 청자가 화자의 메시지에 집중하지 않으면 무의식적으로 메시지를 듣기는 하지만, 이내 다른 생각에 빠져 내용을 놓치게 되는 것이다.

1) 듣기의 단계

정보 확인 단계 → 내용 이해 단계 → 비판 단계 → 판단 단계

'듣기'는 상술한 4단계를 거쳐 진행된다. 먼저 화자의 이야기(메시지)가 무엇을 말하는 것인지를 파악하는 단계가 정보 확인 단계이다. 이를 통해

청자가 파악한 정보를 종합하며 그 이야기의 의도를 파악하게 된다. 청자는 화자자 제시한 이야기의 진실 여부를 스스로 검증하고 그것을 어떻게 받아들이는 것이 좋으며, 어떠한 답변을 제시해야 할지 등을 판단하게 된다. 즉 그 이야기를 비판적으로 검토한다. 비판을 통해 걸러진 화자의 이야기를 전해 들은 청자는 최종적으로 그 이야기에 대한 응답을 판단한다. 이러한 과정을 거쳐 최종적으로 화자에게 답변을 제시하는 것으로 듣기의 단계가 마무리된다.

세상에서 가장 말을 잘하는 사람은 타인의 말을 주의 깊게 듣고, 그것을 이해하고 공감할 줄 아는 사람이다. 사람은 누구나 자신의 말에 귀 기울여 주는 사람을 긍정한다. 상대방에게 자신의 말과 생각이 존중받는다는 느낌을 받기 때문이다. 이는 경청하는 자세가 타인의 자존감을 세워준다는 의미, 즉 타자와의 관계적 측면에서도 중요한 역할을 함을 알 수 있게 한다.

2) 듣기의 요소

듣기는 의사소통 방법의 하나이다. 상대방의 말을 듣지 않으면 그에 상응하는 답변을 할 수 없으며, 듣는 행위는 말하는 행위와 의미공유라는 협력을 통해 새로운 의미를 창출한다. 이는 말하는 이나 듣는 이가 나눈 의사소통 메시지가 행동 변화를 이끌어 새로운 창출을 일으킨다는 말이다. 말하기와 듣기의 상황에서는 말하는 사람(화자), 듣는 사람(청자), 이들을 연결하고 감정을 공유시키는 이야기(메시지)와 이를 방해하는 소음을 구성 요소로 한다. 이를 도식화하면 다음과 같다.

화자		이야기		청자
소리(발화)	⇔	메시지	⇔	듣기
코드화	소음	(맥락)	소음	코드 해독

'코드화'는 화자가 청자에게 자신이 전할 메시지를 언어라는 음성기호로 변환하는 것을 말한다. 따라서 화자가 코드화한 언어를 청자는 자신이 이해할 수 있게 해독하는 과정은 '코드 해독'이 되는 것이다. 화자가 청자에게 전한 메시지가 공유되는 상황이 맥락이며, 이것이 전달되는 환경에는 소음의 발생하기 마련이다. 또한, 맥락은 대화의 장소와 화자와 청자가 처한 상황 그리고 대화가 이루어지는 시간 등을 주요하게 고려해야 분명한 의사소통과 메시지에 의한 행동 변화를 추동할 수 있다.

3) 경청의 효과

'경청'(傾聽)은 남의 말을 귀 기울여 듣는다는 뜻이다. 이는 상대의 말을 듣기만 하는 것이 아니라 상대방이 전달하려는 말의 내용은 물론 그 내면에 깔린 동기나 정서를 귀 기울여 듣고 이해된 바를 상대방에게 피드백(feedback)하는 것까지를 말한다.

경청에서 중요하게 요구되는 것은 '공감(共感)'이다. 공감은 대화를 나누는 상황에서 청자에게 필요한 요소인데, 화자의 말에 공감하지 않으면 효과적인 듣기를 했다고 볼 수 없다. 물론 화자와의 관계나 이야기의 내용, 그 의미에 따라 청자가 화자에게 공감할 수 없는 상황도 존재한다. 그렇지만 친밀한 관계에서 오가는 대화 상황에서 '공감'은 서로 간의 신뢰를 증명하고, 상호 간의 협력으로 새로운 의미를 도출하는 바탕이 된다.

화자의 주장과 그에 따른 이유를 듣고 청자 역시 '나도 그렇게 생각해.'라고 한다면 그 이야기 대한 공감을 이룬 것이다. 또 화자의 상황을 자신의 경험과 연결하여 동질적으로 생각하고 정서적 교감하는 것도 공감의 형태이다. 그렇다면 경청은 어떠한 힘을 지니고 있을까. 경청의 효과는 다음의 다섯 가지로 정리할 수 있다.

① 화자는 자신의 감정을 표현하기 위해 발화하고, 이에 대해 적극적인

반응을 보여줌으로써 화자의 욕구를 충족시켜주게 된다. 이는 즉 화자에게 신의를 얻게 됨을 의미한다.

② 화자와 청자 간 신뢰를 쌓을 수 있다. 화자는 자신의 감정에 공감하는 청자에게 의식·무의식적으로 의지하고 진심을 보이는 경우가 많다. 이러한 관계 속에서 상호 이해와 공감을 통해 형성되는 신뢰 관계와 유대감은 심리적인 신뢰감과 친근감을 형성하게 된다. 이는 상호 관심사의 공유와 공감, 상대방에 대한 존중과 이해, 경험을 통한 공감대의 형성 등을 통해 만들어지고, 장기적인 신뢰 관계로 발전하게 되는 '라포'(rapport)의 형성으로 볼 수 있다.

③ 청자는 화자의 관점에서 상황을 이해하고 공감하며 타인에 대한 배려의 마음을 가질 수 있다. 이는 단순히 듣는다는 수동적 행위가 아닌 능동적 행위를 주체적으로 실행하며 얻을 수 있는 효과이다.

④ 자기 성찰의 수단이 된다. 화자의 발화를 통해 청자는 자신의 언행을 반성하고, 발전적인 형태로 삶의 자세를 견지할 수 있게 된다. 이는 본인과 타자와의 관계, 그리고 타인의 삶에 대한 이해, 세상에 대한 이해로의 확장된 사고를 가능하게 한다.

⑤ 지식과 사고의 발전을 이룰 수 있다. 청자는 화자의 발화를 통해 알지 못했던 지식을 습득하고 그것을 스스로 사고하면서 체화하게 된다. 이는 곧 지식의 확장이자 사고의 발전을 추동할 수 있는 발판이 된다.

제3부

글쓰기 실제

1. 보고서 쓰기

　보고서는 특정한 대상에 대한 조사, 실험, 답사 등을 실시하고 그 과정 및 결과를 정리한 글이다. 보고서의 종류로는 조사 보고서, 실험 보고서, 답사 보고서 등이 있으며, 보고서에는 조사의 목표, 조사 기간, 논의 필요성, 분석 대상, 연구 방법, 연구 결과, 새롭게 밝혀진 사항, 참고 자료 등을 제시한다. 보고서를 쓰기 위해 다음과 같은 과정을 거친다.

　　　　준비 단계 → 자료 수집 → 자료 정리 → 보고서 작성

① 준비 단계

　조사의 목표, 논의의 필요성과 연구 기간, 분석 대상, 연구 방법, 연구 결과 등 보고서의 각 항목에 따라 계획을 세운다.

② 자료 수집

　보고서의 목표에 맞추어 자료 수집 방법을 선택한다. 설문 조사를 시행할 경우에는 표본 집단에 대한 고려가 필요하다. 현장에 방문하여 해당 분야의 실무자와 만나 그 견해를 인용할 수 있고, 신문·잡지·학술지·다큐멘터리·인터넷 사이트 등을 통해 정보를 얻을 수 있다. 이때, 명심해야 할 점은 정보가 객관성을 유지하고 있는지를 분명히 해야 한다는 것이다.

③ 자료 정리

수집한 자료를 준비 단계에서 설정한 항목에 따라 분류·배치한다. 수집한 자료 중에서 보고서의 목표와 내용을 고려하여 취사·선택하며, 논리성·통일성을 기준으로 검토하여 최종적으로 보고서에 담을 내용만 남긴다.

④ 보고서 작성하기

자료 정리를 마치고 실제로 글을 쓰는 과정을 가리킨다. 조사의 진행 과정이 중요한 경우에는 시간적 순서에 따라 전개한다. 자료 조사 단계와 자료 정리 단계에서 명시해 놓은 자료의 출처에 유의하고, 인용한 자료의 경우 보고서 작성자의 문장과 구별해서 제시한다. 또한 실험이나 조사의 결과를 왜곡하거나, 연구의 목표에 맞추어 정보를 임의로 조작해서는 안 된다.

마지막으로 보고서를 제출하기 전에는 출처를 빠뜨린 자료가 없는지 검토하고, 인터뷰 및 설문 조사에서 개인정보가 유출될 위험이 있는 사항은 삭제한다.

2. 논문 작성

학술적 글쓰기의 가장 대표적인 예는 '논문'이다. 논문은 크게 '학위논문'과 '학술지 논문'으로 나뉜다. '학위논문'은 학위 수여 기관과 학위 수여 시점을 기준으로 서지를 작성한다.

> 이금주, 「노인요양시설 거주노인을 위한 사전연명의료의향서 및 실무 가이드라인 개발」, 고려대학교 박사학위논문, 2017.

'학술지 논문'은 해당 학회(학술단체)에서 정기적으로 간행하는 학술지에 실린 논문을 가리키므로, 연속 간행물의 권·호수 및 발행 기관을 표시해야 한다.

최경석, 「호스피스·완화의료 및 연명의료결정에 관한 법률의 쟁점과 향후 과제」, 『한국의료윤리학회지』 Vol.19 No.2, 한국의료윤리학회, 2016.

논문은 서론-본론-결론으로 구성된다. '서론'과 '결론'에 담아야 할 내용은 다음과 같다.

- 서론: 분석 대상 소개(정의, 기간, 범위), 연구사(선행 연구) 검토, 연구 방법, 연구의 목표, 논의 진행 방식
- 본론: 논증(논리적 증명)
  명제 + 논거(주장을 뒷받침할 수 있는 논리적 근거)
- 결론: 요약, 연구의 의의, 전망

논문 작성 과정에서 유의해야 할 사항은 다음과 같다.

① 논문의 주제는 시의성이 있어야 하며, 기존 연구와 차별성이 있어야 한다. 이를 위해 연구사 검토가 필요하다.

② 위에서 제시한 서론-본론-결론의 기본적인 요건을 충족해야 한다.

③ 논문의 통일성을 고려해야 한다. 서론에서 제시한 연구 범위와 본론에서의 분석 범위가 일치해야 하고, 결론도 이 범위에서 벗어나지 않아야 한다. 또 결론에서 새로운 문제를 제시해서는 안 된다.

④ 자료를 적절하게 선택하여 신뢰도를 높여야 한다. 통계 자료의 경우 공신력 있는 국가 기관이나 연구소의 자료를 활용한다. 또한, 자료의 순서를 적절하게 배치하고, 자료 정리를 통해 주제를 구체화하고 심화할 수 있어야 한다.

⑤ 표지, 목차, 본문(서론-본론-결론), 참고문헌의 형식을 갖추어야 한다.

⑥ 장·절·항의 제목이 적절해야 한다. 장·절·항은 각각 층위를 맞추어야

하며, 본론의 장·절·항의 분량은 대등해야 한다.

⑦ 주석, 인용, 참고 문헌 정리 양식을 숙지해야 한다.

⑧ 문단을 시작할 때는 들여쓰기를 한다. 중심 문장이 바뀌면 문단을 바꾸어서 쓴다.

⑨ 학술적 글쓰기에 적합한 객관적 문체를 사용한다.

⑩ 띄어쓰기, 맞춤법, 어법, 문장 구조, 호응에 유의해야 한다.

글쓰기 실제

1. 자기소개서 쓰기

자기소개서는 자신을 누군가에게 소개하는 글이다. 각종 입사시험의 중요한 전형자료로 활용되므로 자신을 효과적으로 드러낼 필요가 있다. 무엇보다 인사담당자가 지원자 자신의 능력이나 자질을 충분히 파악할 수 있도록 서술하는 것이 중요하다.

하지만 자기소개서는 취업이나 입학 등과 같은 특수한 목적에 걸맞게 쓰는 글이므로, 그때그때 자신을 잘 표현하는 데는 많은 어려움이 따른다. 따라서 자기소개서를 효과적으로 잘 쓰려면 자신이 지원하는 분야의 요구 조건을 정확하게 파악하고 그에 걸맞게 작성하는 연습이 필요하다. 자신이 지원하는 분야에서 필요로 하는 인재상을 충분히 파악하지 못한다면 해당 분야에 적합한 지원자 자신의 능력이나 자질을 드러내기 어려울 수도 있다.

1) 자기소개서 작성 시 유의사항

자기소개서는 지원 분야에 따라 다양한 방식이 존재하므로 해당 분야의 요구사항에 걸맞게 자신을 잘 드러내야 한다. 하지만 특수한 목적에 맞게 자신을 글로 잘 소개한다는 것은 생각보다 쉽지 않고, 이에 대해 어려움을 느끼곤 한다. 따라서 이를 극복하고 자신이 원하는 목적을 달성하려면 다음 몇 가지 유의사항을 염두에 두고 그에 따른 연습을 병행해야 한다.

① 지원 분야에 걸맞게 쓴다.

취업이나 진학 등과 같은 특수한 목적 달성을 이루기 위해 쓰는 자기소개서는 해당 지원 분야에 자신이 가장 적임자임을 드러내는 것이 중요하다. 따라서 지원자는 지원하는 분야에 따라 자신이 지닌 능력이나 자질, 그리고 관련 분야와 연관된 경험 등을 잘 표현할 수 있어야 한다. 가령, 지원하는 곳이 의료기관이라면 해당 병원이 원하는 요건을 정확히 파악하고, 병원의 설립이념이나 추구하는 발전 방향, 최근 동향, 관련 기사나 홍보 내용 등을 통해 해당 의료기관에 대한 기본적인 사항을 파악해야 한다. 또한 자기소개서를 여러 곳에 제출하기도 하기에 같은 내용으로 작성하거나 추상적인 내용만으로 일관해서는 안 된다. 특히 지원 분야나 성향이 전혀 다른 곳으로 동시에 지원할 때는 지원 분야에 걸맞게 자기소개서를 작성해야 한다. 즉, 각 지원 분야에 적합한 내용을 구체적으로 부각하여 기술해야 한다는 것이다.

② 글의 형식을 갖춰 간결한 문장으로 쓴다.

자기소개서는 글을 통해 자신을 소개하므로 글의 형식을 갖춰서 간결하게 작성하는 것이 중요하다. 이때 자기 능력을 이해시킬 수 있는 정보를 담아내기 위한 분량은 대체로 A4용지 1장~2장 정도가 적당하지만, 분량이 정해진 경우라면 주어진 요구사항에 맞게 써야 한다. 특히 자기소개서의 분량을 글자 수로 제시하기에 작성할 때는 요구사항을 유의할 필요가 있다.

내용을 기술할 때는 항목별로 단락을 구분하여 작성하는 것이 유리하다. 즉 성장 과정이나 자신의 성격의 장/단점, 학교생활이나 지원동기, 그리고 입사(진학) 후 포부 등이 일목요연하게 잘 드러나도록 소주제별로 단락을 구성하여 작성해야 한다.

자기소개서는 기본적으로 읽는 이를 고려하여 작성되어야 한다는 점을 염두에 둘 필요가 있다. 짧은 시간 내에 수많은 지원자를 확인해야 하는 인사담당자 입장에서는 항목별로 자신을 분명하게 소개한 지원자의 자기소개서가 눈에 띄기 때문이다. 따라서 장황한 서술보다는 간결하고 명확하게 자신을 드러내는 연습이 필요하다. 또한, 오탈자나 맞춤법 표기에 어긋나는 실수를 하지 말아야 하며 진부한 표현은 피해야 한다. 더불어 자신감이나 적극적인 면모를 드러낼 수 있도록 수동적인 표현도 피하는 것이 좋다.

③ 객관적이고 구체적으로 쓴다.

"평소 외국어에 관심이 많아 외국어 능력이 뛰어납니다."

"사람들을 좋아하여 매우 사교적입니다."

"독서가 취미이기 때문에 독서를 통해 많은 것을 느꼈습니다."

이러한 막연한 서술은 신뢰감을 주지 못한다. 만일 목표로 하는 어학 실력을 다지기 위해 어학시험에 도전했다면 어떤 방식으로 공부했는지, 또 이를 검증할 어학시험 점수나 관련 자격증을 구체적으로 서술하는 것이 유리하다. 특히 특정 업무와 관련한 사항을 서술할 때는 보다 명확하게 실적이나 숫자 등의 검증 가능한 객관적·구체적인 자료를 제시하는 것이 설득력을 지닐 수 있으므로 관련 분야와 연관된 자신의 역량을 드러낼 때는 이 점을 유의해야 한다.

④ 집중적으로 부각하되, 최소한의 정보는 기재한다.

특수한 목적 달성을 위해 작성하는 자기소개서에서는 다른 지원자와는 차별화된 자신만의 탁월한 능력이나 자질을 부각하는 서술이 중요하다. 자신이 지닌 모든 장점이나 능력을 세세하게 나열할 필요는 없다. 자신의 능력 중에서 관련 분야와 직결되는 특정한 능력을 중점적으로 다루고 이를 보완하는 방식으로 작성하면 된다. 따라서 특정 업무 분야와 연관된 자격증이나 전공 관련한 내용은 상세하게 기재하는 것이 설득력 있으며, 자신의 능력을 효과적으로 드러내기에 용이하다. 자신이 관심 있는 특정 업무 분야에 종사하고 싶다는 바람을 이루기 위해서는 해당 분야와 연관된 자신만의 능력을 키워나가는 것이 중요하다.

2) 자기소개서 작성방법

자기소개서는 대체로 양식이 정해져 있어서 그것에 맞게 서술하면 되지만, 특정한 형식 없이 자유롭게 서술하는 경우도 있다. 만일 자유로운 형식이라면 자신의 성장 과정, 성격의 장/단점, 관련 분야의 경력사항, 지원 동기, 앞으로의 포부나 계획 등을 차례로 작성하면 된다. 이때, 인사담당자는 자기소개서를 통해 지원자의 성장 과정이나 대인관계, 조직에 대한 적응능력, 성격, 인생관이나 장래성 등을 파악하고자 한다는 점을 염두에 둘 필요가 있다. 만일 의료기관에 지원했을 때, 종합병원이나 대학병원 또는 소규모 형태의 일반 개인 의원 중에서 특정한 곳을 택하여 지원했다면 해당 병원에 대한 지원자의 특별한 관심 정도나 열의도 함께 살펴질 수 있다는 점을 고려해야 한다. 여기서는 일반적으로 자기소개서에서 요구되는 항목별 내용의 서술 방식에 대해 살펴보도록 하자.

① 성장 과정

오늘날은 극심한 취업난으로 상투적이거나 평범한 표현으로 자기소개서의 서두를 시작하는 것은 인사담당자에게 특별한 인상을 심어주기 어렵다.

"저는 서울에서 1983년 3월에 2남 1녀의 막내로 태어났습니다. 공무원이셨던 아버님은 엄격함과 자상함으로 저희 형제들을 이끌어주셨으며, 어머님은 아버님의 완고함을 부드러움으로 보완하면서……"

수많은 지원자의 자기소개서를 짧은 시간에 통독할 때는 참신한 표현으로 강한 인상을 남기기 위해 노력해야 한다. 특히 글의 맨 앞에 서술하는 성장 과정은 첫인상과 같은 역할을 한다는 점에서 자신만의 개성을 드러내는 서술이 핵심이다. 또한 성장 과정에서 자신만의 능력이나 장점을 어떤 식으로 키워왔는지, 그에 따른 구체적인 에피소드가 있다면 간단히 제시하는 것도 좋다. 더불어 유년기 시절부터 갖게 된 관심이나 흥미를 지원 분야와 관련하여 서술하는 것도 좋은 방법이다. 관련 분야와 연관된 주변 인물이나 서적, TV 프로그램이나 환경 등의 영향을 받았다면 이에 대해 간단히 언급하는 것도 요긴할 수 있다.

② 성격의 장/단점

자신의 성격을 제시할 때는 진솔하게 작성하되 관련 분야에서 요구하는 성격을 참작하여 자신의 장점을 기술해야 한다. 여러 장점을 나열하기보다는 관련 분야와 직결되는 한두 가지 장점을 찾고, 구체적인 사례를 제시하는 것이 좋다. 이때 장점을 지나치게 강조하여 강한 거부감을 주지 않도록 주의해야 한다. 더불어 장점 못지않게 단점을 제시하는 것도 적극적인 성격을 효과적으로 드러내는 전략이 될 수 있다. 하지만 단점을 서술할 때는 너무 정직하게 자신의 약점을 드러내는 데 열중하지 말고, 단점을 극복하기 위해 노력한 구체적 사례를 들어 개선 여지를 보이는 것이 좋은 인상을 심어주는 방법이 된다.

» **단점의 기술: 이런 표현은 피하자**
  • 감정 조절이 잘 안 된다.
  • 마음이 약해서 거절을 잘하지 못한다.

- 낯선 사람과 어울리는 것이 부담스럽다.
- 완벽을 추구하다 보니 일을 끝내지 못한다.
- 관심 분야가 다양해서 하나에 집중하지 못한다.

③ 경력사항

경력사항은 지원 분야와 관련된 경력을 중심으로 서술하는 것이 좋다. 최종 학력의 생활과 관련한 활동 경력이 있다면 지원 분야와 연결하여 서술해야 한다. 만일 인턴 경험이 있다면 그에 따른 경험담을 서술해 자신이 지원하는 직무 분야에서 원만한 대인관계를 형성하거나 조직 생활을 수행하는 데 적임자임을 드러내는 방향으로 서술해야 한다. 해당 분야와 관련한 특별한 경력이 없다면 봉사활동이나 동아리 활동, 아르바이트 경험 중 자신의 현재 능력을 피력할 수 있는 경험을 추려 서술하는 것이 좋다. 지원 분야와 관련 없는 아르바이트나 과외활동 등의 상세한 내용은 굳이 늘어놓을 필요는 없다.

④ 지원동기

자기소개서에서 지원동기를 서술하는 항목은 지원 관련 분야의 관계자가 가장 주목하는 부분이다. 지원자가 어떠한 동기로 지원했는지, 앞으로 어떠한 목표를 지니고 업무 수행을 해나갈 것인지, 지원자의 관심 분야와 열의, 자세나 태도 등이 집약적으로 드러나는 부분이기도 하다. 따라서 자신이 희망하는 업종과 구체적인 업무에 대한 사전지식을 습득하는 것이 중요하다. 가령, 어떤 기업에 입사하려는 포부를 지녔다면 기업의 설립 이념이나 경영 방침, 기업 내의 규율이나 다양한 문화 등에 대한 기본적인 사항부터 파악하여 이를 적극적으로 활용할 수 있어야 한다. 즉 지원하는 곳의 직무분야에 부합하도록 자신의 능력이나 포부를 부각할 수 있도록 서술해야 한다. 자신의 전공 분야나 장점, 경력사항들을 일관성 있게 서술하여 해당 분야와 자연스럽게 연결되도록 논리정연하게 기술해야 한다. 만약 의료기관에서 종사하고 싶다면 무수한 병원 중에서 왜 희망하는 병원에 지원했는지를 구체적으로 밝힐 수 있어야 한다.

⑤ 앞으로의 포부(계획)

앞으로의 계획이나 포부를 서술하는 부분은 입사 또는 진학을 했다는 전제하에 해당 분야에 대한 지원자의 적극적인 태도나 굳은 의지(의욕)를 드러내야 한다. 따라서 관련 분야에 대한 경험이 없거나 부족한 상태에서 그에 관한 포부를 적극적으로 드러내는 일은 말처럼 쉬운 일이 아니다. 그저 막연하게 '열심히', '앞으로 꾸준한 관심을 지니고' 또는 '어떠한 인물이 되겠다' 등과 같은 표현은 삼가야 한다. 관련 분야에서 자신이 목표한 목표치를 달성하기 위해 어떠한 노력을 지속할 것인지, 나아가 그러한 일련의 과정들이 자신이 속한 공동체에 어떠한 방식으로 기여하고 그것을 위해 어떠한 구체적 실천 사항들을 계획하지를 각오나 다짐을 제시해야 좋은 인상을 심어 줄 수 있다. 즉 당장의 현실에 안주하지 않고 향후 자신의 기량 발휘를 위한 계획을 제시하여 진취적으로 업무 수행에 임할 것이라는 점을 피력할 필요가 있다.

2. 이력서 쓰기

이력서는 자신의 인적사항과 학력, 경력이나 자격 사항 등을 한눈에 파악할 수 있도록 제시하는 객관적인 서류에 해당한다. 대개 일정한 양식이 정해져 있으므로 그에 알맞게 사실적 근거를 바탕으로 작성해야 한다. 특히 이력서는 인사담당자와 지원자를 연결하는 공적 자료의 가치를 지니기에 취업에 중요한 역할을 한다. 지원자에게는 자신을 알리는 수단이자 인사담당자에게는 업무 직종에 적합한 인재를 가려내는 수단으로 활용되기 때문이다. 따라서 이력서를 작성할 때는 허위사실이나 과장된 이력을 제시하면 불이익을 당할 우려가 있음을 유념해야 한다. 즉, 사실을 기반으로 자신의 이력사항을 분명하게 작성해야 한다. 최근에는 취업난으로 차별화된 이력을 지니는 것도 필요하며 이를 일목요연하게 정리하는 능력도 요구된다. 다음은 이력서의 세부 사항을 간단히 살펴보도록 하자.

1) 이력서 작성방법

이력서를 작성할 때는 다음의 사항들을 유의하면서 작성하도록 한다.

① 이력서 작성은 요구하는 양식에 따라 작성한다.
② 학력은 고교 졸업부터 쓰고 졸업 연도만 기재한다.
③ 경력은 최근 사항부터 작성한다.
④ 직무 분야와 관련한 내용을 중심으로 작성한다.
⑤ 날짜와 연도 등 구체적으로 기재한다.
⑥ 이력 사항이 많을 때는 페이지를 기재한다.
⑦ 약어나 속어 등의 표현과 사소한 실수를 피해야 한다.
⑧ 되도록 빈칸을 남기지 않는다.
⑨ 요구사항과 제출 기한을 정확히 지킨다.

3. 인터넷 글쓰기

오늘날의 글쓰기는 과거의 필기도구를 이용하여 쓰는 전통적 방식의 글쓰기에서 벗어나 컴퓨터를 기반으로 하는 인터넷 글쓰기로 대체되고 있다. 인터넷상의 각종 홈페이지, 게시판, 각종 커뮤니티와 카페를 통해 사람들은 자신의 견해를 표현하고 그에 대한 호응을 얻거나 비난을 받기도 한다. 또 간혹 열띤 사이버 논쟁을 벌이기도 한다.

최근에는 정부 기관과 다양한 조직 단체의 업무 처리하는 방식에서도 전자문서를 통해 상하로 의사를 전달하는 시스템을 활용하고 있다. 이는 말이 아닌 글로 제 생각을 잘 표현하고 전달하여 상대로부터 의도하는 것을 끌어낼 능력이 요구되는 시대가 도래했음을 의미한다.

물론 미래에도 전통적 글쓰기 방식은 잔존하겠지만, 인터넷 글쓰기가 더욱 확장될 것임은 두말할 나위가 없다. 여기서 인터넷 글쓰기는 단순히 글쓰기 방식이나 형식적 변화만을 의미하는 것이 아니다. 이는 글쓴이의 사고와 편집 방식 혹은 독자의 독해방식, 나아가 방식 자체를 변화시키기도 한다.

1) 인터넷 글쓰기의 특징

현대의 사람들은 글쓰기를 위해 종이와 펜을 준비하는 대신 컴퓨터를 켠다. 자료를 서적으로 읽고 필요한 것을 옮겨 쓰기보다는 전자문서를 모니터에 띄워놓고 필요한 부분만을 발췌한다.

또한 인터넷 검색을 통해 원하는 자료를 손쉽게 얻어낼 수도 있게 되었다. 이렇듯 종이와 펜에서 벗어나 전자 장치에 의해 글을 쓴다는 변화는 필자와 독자의 지위나 관계에도 큰 변화가 생겼음을 암시한다.

문자 중심 시대의 독자는 권위 있는 필자의 종이책을 읽는 수동적 지위에 있었다. 독서의 과정도 '처음-중간-끝'이라는 구조를 경험하고, 능동적 독자 역시 종이책을 읽고 나서 그것에 대한 사유를 표현하는 정도에 머물렀다.

그러나 인터넷상의 독자는 텍스트를 읽는 동시에 곧바로 필자가 되기도 한다. 댓글을 작성하는 형식은 댓글까지를 포함하여 하나의 텍스트가 되기 때문이다. 문자중심 시대의 글쓰기는 필자 한 사람이 텍스트의 모든 부분을 완성했다면 인터넷 글쓰기는 수많은 필자가 결합하여 거대 텍스트를 형성할 수 있는 환경을 만들어 주었다.

그렇다면 새로운 글쓰기 환경을 조성한 '인터넷 글쓰기'의 특징은 무엇인가. 가장 심각한 것은 글을 쓰는 속도가 빨라지고 즉각적 글쓰기가 강조되면서 글쓰기와 말하기를 구별하기 어려워졌다는 점이다. 즉각적 글쓰기는 성찰과 사유의 시간을 사장하여 글과 사고를 토막 내거나 글의 호흡을 짧게 만들었다. 더 나아가 글과 말을 결합한 '말글(구어체)'을 만들어 내기도 했다. 그 과정에서 맞춤법, 띄어쓰기는 무시되고, 어미가 변형되거나 과도한 문장 부호를 사용하는 경향도 드러났다. 더욱이 어휘 선택에서도 의성어, 의태어만으로 자신의 상황을 드러내고, 비속어, 은어, 축약어의 사용도 잦아지게 했다. 이는 인터넷 글쓰기가 구어체를 사용하여 전달력을 확보하는 만큼, 글쓰기 언어를 심각하게 변형시킨다는 문제점을 보여 주는 것이다.

인터넷 글쓰기는 펜으로 글을 쓰는 것보다 글의 작성과 수정 속도가 빨라서 문장을 간결하게 하고, 사고의 전개를 빠르게 만든다. 따라서 문장의 완성도나 문맥적 연결을 고려하기보다는 전달하려는 메시지를 최대한 간결하게 전하기 위해 축약어를 자주 사용하게 되는 것이다. 이는 글의 기동성을 보장하지만, 글의 완성도를 고려하지 않는 결과를 낳는다.

글의 편집과 자료의 복제, 변형마저 쉬워지면서 인터넷 글쓰기에서는 자신의 주장보다는 타인의 주장을 복제하여 나열하는 '콜라주 문화'의 특성을 드러내기도 한다. '콜라주(collage)'는 갖가지 물건을 끌어모아 작품을 구성하는 기법을 말한다. 인터넷 글쓰기는 다양한 웹사이트를 통해 자료를 따와서 자기의 문장을 구성하거나 자신의 문장을 남들의 텍스트에

링크로 연결함으로써 콜라주를 형성한다. 그리고 이 콜라주는 서로 상관없는 소재들의 파편을 모아 완전히 새로운 창작물을 만든다. 이 과정에서 기존의 저자가 지녔던 일관성과 진지함의 전통은 쉽게 잊힌다. 또 글의 짜깁기 기술에 익숙해져 연쇄적으로 진행하다 보면, 정작 자신의 글도 자신의 것이 아닌 상황에 이를 수 있다. 이렇듯 인터넷 글쓰기는 글의 재생 가능성, 복제 가능성, 속도와 편리함을 가져다주었지만, 한편으로 글의 창의성과 창조의 힘을 잃을 가능성도 함께 주었다.

2) 인터넷 글쓰기의 긍정적 지향

여러 가지 폐해가 있어도 디지털 매체의 급속한 파급을 막을 수는 없다. 또 이미 변화된 글쓰기 방식을 하루아침에 바꿀 수도 없다. 무엇보다 인터넷을 이용한 글쓰기 방식은 그 누구도 부정할 수 없는 강력한 장점이 있기 때문이다.

우선 인터넷 글쓰기에서는 디지털화한 자료를 손쉽게 사용하고 변형·편집이 가능하다. 이는 곧 글의 이해를 도모하기 위한 자료(그림과 표, 동영상, 음성 자료) 등을 선택적으로 활용하고, 필요한 텍스트 자료도 손쉽게 옮겨 쓸 수 있게 되었음을 의미한다.

인터넷을 기반으로 한 글쓰기는 과거의 권위적인 글쓰기에서 벗어나 독창성, 감각성, 개성을 추구하는 글의 양산을 추동했다. 요컨대 논리적이고 정갈한 서술보다 감각적·즉물적인 표현을 주로 사용하는 글쓰기를 만들어 냈다.

한편, 인터넷 글쓰기에서 개인의 사생활은 보호받아야 한다는 점에서 관심의 대상이 되는 익명성은 인신공격 등의 도덕적 해이로 나타나기도 한다. 그에 따라 실명제의 타당성에 대한 논란이 불거지고 있지만, 상상력의 제한을 받지 않고 자유로운 글쓰기를 가능하게 한다는 점에서는 긍정적인 측면이 있다.

마지막으로 인터넷 글쓰기에서는 작자와 독자가 댓글을 통해 상호적인 글쓰기가 가능하다. 이것이 온라인상에서 건전한 토론 문화 정착에 기여한다는 점은 부정할 수 없는 사실이다.

3) 인터넷 글쓰기의 실제

오늘날의 인터넷 발달은 글쓰기에도 새로운 환경을 만들어 주었다. 이러한 환경 변화에 따라 다양한 목적을 가진 여러 형식과 형태를 지닌 글쓰기가 인터넷을 통해 등장하고 있다. 점점 변화하고 진화하는 환경 속에서 올바른 인터넷 글쓰기의 정착을 위해 다음의 몇 가지 사항은 명심해야 한다.

① 제목을 제시하자.

현대인들은 하루에도 수많은 인터넷상의 글을 읽는다. 그리고 많은 경우가 제목만을 보고 글을 읽을지 말지, 판단한다. 대부분이 제목만을 보고 자신에게 유용한 내용을 담고 있는 글인지를 선별하기 때문이다. 따라서 인터넷 글쓰기는 내용을 반영한 제목의 선택부터 시작된다고 할 수 있다. 따라서 글의 핵심 내용을 담은 제목을 간결하게 제시하는 것이 바람직하다.

② 본문에서는 두괄식(頭括式)을 사용하자.

인터넷상에서 작성된 글쓰기는 인쇄된 매체보다 글을 읽기 힘든 구조로 되어 있다. 이는 매체 자체가 깊이 있는 글 읽기를 방해하여 독자의 가독성을 떨어뜨릴 수 있다. 더불어 사람들은 인터넷상의 글을 읽기 위해 많은 시간을 할애하여 정독하기보다는 대체로 간단한 정보를 얻기 위해 글을 읽곤 한다. 즉, 찰나에 글을 읽을지 말지를 결정할 만큼, 독자가 인터넷상의 글을 접근하는 방식은 서적의 접근 방식과 큰 차이를 보인다. 따라서 인터넷 글쓰기에서 가장 신경 써야 할 부분은 서두라고 해도 과언이 아니다. 인터넷상에서 집중도를 높일 수 있는 글을 쓰기 위해서는 핵심적인 내용을 먼저 제시하는 두괄식으로 글을 구성하여 핵심 정보를 드러내는 것이 효과적이다.

적절한 제목이 생각나지 않는다면, 질문으로 제목을 시작하는 것도 좋은 방법이다. 질문을 던지면 독자는 무의식적으로 그 답을 생각하게 된다. 질문의 요지를 정확히 이해하지 못해도 궁금증 때문에 계속 읽게 되기 때문이다.

③ 적절히 문단을 나누자.

인터넷 글쓰기에서는 문단을 나누는 방법 또한 독자의 피로감을 줄이고, 가독성을 높이기 위해 고려해야 할 부분이다. 약도를 한눈에 볼 수 있게 그리듯 글도 한눈에 그 내용이 전달되어야 한다.

현대인은 과거보다 취급하는 정보의 양이 날로 늘고 있다. 이는 상대적으로 읽어야 할 글이 많다는 이야기다. 따라서 글을 선택적으로 읽는 독자의 입장에서는 시각적으로 보기 어렵거나 장황한 내용을 담은 글보다는 간결하고 명료한 글을 선호하게 된다. 인터넷 신문에서 한 문단을 3문장 정도로 구성하는 것도 독자의 가독성을 높이는 데 짧은 문단의 구성이 유용하기 때문이다.

④ 최대한 간결한 문체를 사용하자.

인터넷 글쓰기에서는 가급적 간결한 문체를 사용하는 것이 바람직하다.

문장이 길면 생각의 길이도 길어져서 글을 정확히 이해하는 데 어려움을 겪을 수 있기 때문이다. 아래의 두 문장을 비교해보자.

나는 현재 ○○대학교에 다니고 있고 어제 입학한 것만 같은데 곧 졸업을 앞두고 있어서 취업에 대한 부담감도 크고 앞으로 무엇을 해야 할지 고민이 되어 요즘에는 도통 잠도 제대로 자지 못하고 식욕도 잃어버리고 말았다.

위의 예시에는 한 문장 안에 여러 개의 이야기가 혼합되어 있다. 글쓴이가 무엇을 말하려는 지 이해할 수는 있지만, 그 내용이 쉽게 읽히지 않음을 경험할 수 있다. 이럴 때는 다음과 같이 문장을 간결하게 끊어서 작성해보자.

나는 현재 ○○대학교에 다니고 있다. 어제 입학한 것만 같은데 곧 졸업을 앞두고 있다. 취업에 대한 부담감도 크다. 앞으로 무엇을 해야 할지 고민이 된다. 그래서 요즘에는 도통 잠도 제대로 자지 못하고 식욕마저 잃어버렸다.

원래 1개 문장으로 이뤄져 있던 글을 간결하게 고치니 문장 수가 5개로 늘어났다. 그렇다고 글의 분량이 늘어난 것도 아니고 단지 문장을 쪼갰을 뿐인데 정갈한 느낌이 든다. 이렇듯 짧은 문장으로 최대한 간결한 문체를 쓰면 '속도감'과 '긴장감'이 형성되어 글을 읽는 지루함이 사라지고 독자는 글쓴이가 눈앞에서 생생하게 이야기를 전달해 주는 느낌을 받게 된다.

⑤ 감각(感覺)을 자극하는 자료를 활용하자.

인터넷 글쓰기의 최대 장점은 시청각 자료를 활용할 수 있다는 것이다. 인간은 본성적으로 텍스트보다 이미지와 소리에 빨리 반응한다. 이는 때에 따라 독자의 흥미를 불러일으킬 수 있도록 시청각 자료를 활용하면 글이 말하고자 하는 바를 쉽게 간파할 수 있고 빠른 이해를 도모할 수 있다는 말이다.

글쓰기 실제

한편, 아무리 독자의 관심과 흥미를 끌고 이해를 도모하고자 다양한 영상, 음악을 사용하더라도 그것이 자칫 선정적이거나 폭력적인 내용으로 일관되거나 내용과 무관한 관심 끌기용이라면 독자의 외면을 받는다는 사실을 염두에 두어야 한다.

⑥ 이모티콘, 줄임말, 신조어를 활용하자.

인터넷 글쓰기에서는 이모티콘, 줄임말, 신조어가 빈번히 사용되는 사례를 쉽게 발견할 수 있다. 분명한 사실은 문자로 모든 것을 표현할 수는 없다는 사실이다. 때로는 한 컷의 이미지나 영상이 전달방식에서 더 효과적일 때도 있고, 문자로 설명하는 것이 효과적일 수도 있다. 아니면 두 전달 매체를 혼용하는 것이 더 좋을 수도 있다. 그것은 전달하고자 하는 대상과 맥락에 따라 효과가 다르기 때문이다.

발표 매체에 따라 공공성과 책무를 띠고 일반 대중에게 영향을 미치지 않는 경우라면, 이모티콘, 줄임말, 신조어를 사용이 글쓴이의 스타일 창조 및 감정 표현으로 이해될 수 있다. 단 이모티콘, 줄임말, 신조어의 사용이 독자에게 큰 거부감 없이 받아드리도록 적절하게 활용해야 함을 유의해야 한다.

⑦ 정확한 출처를 표기하자.

인터넷 글쓰기에서는 종종 자료의 출처를 밝히지 않는 실수가 발견되곤 한다. 인터넷은 그 특성상, 정보가 와전되기도 하고, 왜곡되기도 한다. 따라서 정확하게 출처를 밝히는 것은 매우 중요한 일이 아닐 수 없다. 잘못된 정보의 전달과 표절의 오해를 불러일으키지 않으려면 출처의 올바른 표기는 필수적이다.

4. 프레젠테이션

프레젠테이션은 시청각 자료를 활용하여 사업 계획이나 절차를 구체적으로 발표하는 활동을 가리킨다. 이는 자신의 주장이나 의견, 아이디어를 설명하여 상대방을 이해시키고, 의도한 결과를 끌어내기 위한 행동을 말한다.

프레젠테이션할 때는 목적을 분명히 설정해야 한다. 그 목적이 설득을 위한 것인지, 정보를 제공하기 위함인지, 여가를 계획한 것인지, 면접을 위한 것인지에 따라 그 내용과 구성이 달라질 수 있기 때문이다. 프레젠테이션의 기본적인 목표는 청중을 설득시키는 것이다. 이때 청중들의 관심사와 특성을 고려할 필요가 있다. 또한, 청중의 이해를 돕기 위해 보조적 수단을 활용할 수도 있다. 여기에는 파워포인트, 프레지 등의 소프트웨어가 해당한다.

일반적으로 프레젠테이션은 파워포인트로 구성하기 마련이다. 이때 파워포인트로 제작한 발표문은 일반적인 글쓰기와는 다른 점을 지닌다. 먼저 글쓰기에서는 반복적인 표현을 피해야 하지만, 발표문에는 적절한 요약과 반복이 필요하다. 일반적으로 글쓰기 과정에서는 독자와의 소통 과정이 생략되지만, 발표문은 청중과 직접적인 쌍방향 소통이 가능하다. 따라서 청중들의 흥미를 끌고, 청중들의 반응을 적극적으로 끌어내는 데 노력을 기울여야 한다. 일반적으로 프레젠테이션의 구성은 다음의 단계에 따라 진행된다.

① 기획: 프레젠테이션 주제나 목적, 목표를 설정하는 단계.
② 설계: 기획 내용에 따라 서론-본론-결론으로 스토리를 구성하는 단계.
③ 콘텐츠 제작: 설계 내용에 따라 슬라이드를 만드는 단계.
④ 실시: 프레젠테이션을 시행하고 기획에서 설정한 목표에 도달하는 단계.

글쓰기 실제

⑤ 다음 연결: 프레젠테이션의 효과를 확인, 평가하는 단계.

무엇보다 프레젠테이션에서 중요한 것은 내용의 구성이다. 이것이 올바르게 되지 않으면, 내용에 대한 이해도가 떨어지고 효과적인 프레젠테이션이 될 수 없다. 프레젠테이션의 내용을 구성할 때는 서론-본론-결론 방식을 따른다. 서론에서는 듣는 사람의 주의를 환기할 수 있는 전략이 중요하며, 주제를 명확하게 제시하고 그것의 중요성을 인식시키는 것이 요구된다. 여기서는 독자의 이해를 돕기 위해 최소한의 지식은 제공해야 할 필요가 있다. 본론에서는 서론에서 말한 내용을 수용하고, 구체적인 내용을 발표해야 한다. 논리적으로 내용을 설명하는 가운데 청중을 설득할 수 있어야 한다. 결론에서는 본론의 내용을 요약정리하고, 결론을 제시해야 한다. 결론을 통해 청중의 행동을 촉구할 수 있어야 하며, 최종적으로는 발표 내용에 대한 질의응답 시간을 마련해야 한다.

» **프레젠테이션 구성 방식**
① 시작부터 주의와 관심을 사로잡을 방법을 찾아야 한다.
② 지루하고 의미 없는 이야기를 줄줄 늘어놓는 것만 피하면 된다. 프레젠테이션이 길고 지루했다는 평가는 받기 쉽지만, 감명 깊고 짧게 끝났다는 이야기는 듣기 어렵다.
③ 대중 강연에서는 유머, 간단한 선물, 몰입을 위한 게임 등을 활용한다.
④ 가장 좋은 것은 청중이 누군지를 파악하고 청중의 공통 관심사를 찾는 것이다. 예를 들어 노인 대상 강연이라면 건강, 장수 비결 같은 게 있다.
⑤ 감동적인 이야기를 넣어서 청중이 감동하면 설득에 도움이 된다. 단 흔한 이야기를 해서 청중이 지루함을 느끼면 역효과이다.
⑥ 시작할 때 청중이 잘 아는 화제부터 시작하면 집중력을 높일 수 있다.

⑦ 전달하고자 하는 요점(Point)을 첫머리에 제시한다.

⑧ 배경 이유(Reason)를 제시한다.

⑨ 예시(Example)를 들어 청중을 이해시킨다.

⑩ 마지막으로 요점(Point)을 다시 요약 언급해 전달력을 강화한다.

⑪ 숫자, 통계, 구체적인 사례, 인터뷰 영상 등으로 설득력을 높인다.

⑫ 청중의 교육 수준을 고려해야 한다.

⑬ 청중의 목적을 고려해야 한다. 설득, 호소를 위한 프레젠테이션의 경우 청중이 어떤 이익을 얻는지를 분명히 해 줘야 한다. 투자, 사업, 학원 설명회 같은 광고 목적의 프레젠테이션에서 "좋은 말이네. 그런데 그게 나하고 무슨 상관이지?"라는 반응이 나온다면 곤란하다.

다음은 파워포인트 자료를 만들 때 유의해야 할 점이다. 발표 제한 시간을 고려하고, 슬라이드별로 적절한 분량을 제시해야 한다. 또한, 파워포인트 첫 장에는 제목을 제시하고, 두 번째 장에서는 발표 전체의 목차를 싣고, 목차를 설명하여, 발표 전체의 진행 방향을 안내한다. 마지막 장에는 각 슬라이드에서 활용한 자료의 출처를 슬라이드별로 밝히도록 한다.

1. 자전적 글쓰기의 이해

글을 잘 쓰는 방법은 필자 자신이 잘 알고 있는 분야를 쓰는 것이다. 그것이 교육 현장에서 자전적 글쓰기를 많이 활용하는 이유이기도 하다. 이때 자전전 글쓰기는 일기나 자기소개서, 자신에 관한 수필이나 자서전에 이르기까지 넓은 범위의 쓰기를 포괄한다. 이러한 쓰기에서는 필자의 연령과 수준이 높아지면서 자신에 대한 정보와 표현법이 다양해지고, 자신을 둘러싼 환경이나 맥락을 바라보는 관점과 안목도 변화하곤 한다.

자전적 글쓰기 중에서도 완성도가 높은 장르는 자서전이 대표적이다. 이는 자신의 삶 속에서 자신만의 목소리를 발견하고, 자기가 살아가게 될 세상에 대해 성찰하고 비판적으로 생각할 계기를 제공하기 때문이다. 과거에서 현재까지의 자신의 삶을 생생하게 복원하는 것은 자서전이 갖는 통시적 성찰의 의미를 나타낸다. 또한 자전적 쓰기는 결과물보다는 쓰기 과정을 통해 학습자가 얻을 수 있는 기능적, 정서적 교육 효과에 비중을 싣고 있다. 이는 결국 학습자의 삶에 대한 성찰과 소통이라는 교육적 가치 획득을 궁극적 목표로 하게 된다는 말이다.

자전적 쓰기 과정에서는 다양한 언어 기능 활동과 사고를 통한 접근이 필요하다. 자전적 글쓰기는 좁게는 당면한 쓰기 능력의 향상을 의도하고, 넓게는 자기성찰과 삶과의 소통 능력 향상을 위한 행위이기 때문이다. 이러한 자전적 글쓰기의 원리는 다음과 같다.

① 거리 두기 원리

자전적 글쓰기에서는 글쓰기 주체가 자신을 대상화해 거리를 두고 바라보는 경험을 한다. 즉 자신의 경험에 대해 시간적 간격을 두고 회고한다는 점에서 소설의 1인칭 시점과 유사하다. 이러한 자전적 글쓰기는 과거 자신을 추적 체험하는 형식을 취해 자신을 객관적으로 볼 수 있는 거리를 확보한다.

자전적 글쓰기에서 거리를 두고 바라보는 것은 자신뿐만이 아니다. 가족, 친구 등의 지인뿐만 아니라 학교, 사회, 세계 등도 마찬가지다. 자신을 대상화하여 객관적으로 자신을 분석하듯 주변 사람들과 사회화를 하는 곳도 마찬가지다. 즉 자전적 글쓰기의 과정에서 자신과 자신 밖의 세계를 이해해야 하며, 이렇게 글을 쓰는 데 적용되는 원리가 거리 두기다.

② 경험 반추의 원리

경험 반추의 원리는 거리 두기 원리와 관련되어 작용한다. 경험을 반추한다는 것은 거리를 두고 현재 시점에서 과거를 재구성하는 것이며, 이를 바탕으로 미래를 말하는 것이다. 과거와 미래를 이야기할 수 있다는 것은 인과적 사고가 작용하기 때문이다. 인과적 사고 과정으로 우리는 과거와 현재의 나를 분석하고 미래를 예측하기도 한다.

자전적 글쓰기 과정에서 우리는 과거를 되돌아보는 반추체험 과정을 갖는다. 과거와 현재의 자기 사이에 일정한 심리적 거리를 유지하면서 진실한 자세로 대화할 때 떠오르는 경험들은 자아의 성장을 도모한다. 또한 상기한 경험이 의미하는 바가 무엇인지 되짚어 생각하는 자세도 중요하다.

③ 선택과 배열의 원리

자전적 글쓰기에서 거리 두기 원리와 경험 반추의 원리를 통해 생성한 많은 이야기는 선택과 배열의 원리에 의해 하나의 이야기로 만들어진다.

글쓰기 실제

어떤 사건을 선택해 어떤 순서로 이야기할 것인가를 결정하여 배열하는 것은 자전적 글쓰기에 중요한 원리가 된다. 선택과 배열의 원리는 중심사건을 선택하는 과정에서 사건을 연결해 이야기를 만드는 과정, 사건을 재배열하는 과정 전반에 작용한다.

④ 진정성의 원리

진정성은 진실성을 의미하지만, 객관적인 사실이나 실제 경험만을 의미하는 것은 아니다. 진정성의 원리는 얼마나 성실하게 글을 쓰느냐에 대한 정의적인 태도와 관련된 원리이다. 자기 이야기를 얼마나 진정성 있게 쓰느냐는 자전적 글쓰기의 성공 여부와도 직결된다. 이를 위한 가장 쉬운 방법은 자신의 삶이 그대로 드러나게 글을 쓰는 것이다. 그러나 진정성은 자칫 노출의 문제를 일으키기도 한다. 자신의 글이 노출됐을 때 발생할 상황에 대한 우려는 성공적인 자전적 글쓰기를 위해 해결돼야 할 문제이다.

한편, 글을 쓸 때는 독자를 의식할 수밖에 없다. 이러한 노출에 대한 우려감과 별개로 자전적 글쓰기는 노출을 전제하고 쓰는 글이다. 글은 하나의 소통 장소이다. 따라서 우리는 글을 쓸 때 독자를 상정하게 된다. 그것은 자전적 글쓰기가 자신을 알기 위해 쓰고 또한 나를 드러내고 타인과 소통하기 위해 하는 행위이기 때문이다. 자전적 글쓰기는 사실 전달을 넘어 내가 왜 그때 그렇게 했는지, 그래야만 했는지, 그것을 고백할 통로를 마련하는 것이기도 하다.

1) 자아 성찰의 과정

자아 성찰은 개인의 자아개념에 대한 응시 행위로, 자신과 세계에 대한 경험과 지식을 통해 주체적·능동적으로 지금의 상황을 되돌아보고 성찰하는 것을 말한다. 이는 개인의 경험을 통해 타인과의 관계를 살펴볼 기회를 제공하며 나아가 자신과 타인 간의 경험과 가치관의 차이를 깨달을 수 있게 만든다.

자아 성찰의 과정
과거의 삶 반추(경험) → 자기 이해(공감·성찰) → 미래의 꿈과 계획

자아 성찰을 위한 행위와 경험은 다양하겠지만, 그중 자아성찰 글쓰기는 서사 행위를 통해 보이지 않는 '나'를 대상화하여 서사의 프리즘을 통해 과거를 되돌아보고 현재를 진단하며 미래를 설계하는 과정이 전제되어 자신을 알아가는 효과적인 방법이 된다. 따라서 자아성찰 글쓰기는 막연하게 혹은 모범적으로 자신의 과거와 미래에 대해 생각했던 것을 구체화하여 '과거-현재-미래'라는 연장선 속에서 글쓰기를 경험하여 자신을 알아가고 궁극적으로 자신의 꿈을 알아가는 과정이 된다.

　자아 성찰 글쓰기 과정은 단순히 과거에 대한 회상으로 당시의 고통과 혼란의 기억을 떠올리는 과정이 아니다. 때로는 성찰을 하며 들추고 싶지 않은 기억과 마주하지만, 궁극적으로 미래를 어떻게 살아갈 것인가에 목적을 두기에, 그 고통과 아픔은 미래에 치유된 자신의 모습을 만들어 가는 데 도움을 준다.

① 경험 끌어내기

1. 과거의 나와 대화하기.
2. 나와 또 다른 나(자아)와 마주하기.
3. 나와 가족 혹은 타인 간의 관계를 회상하여 경험 요약하기.

② 창의적 내용 생성하기

1. 성장 과정, 성격, 가치관, 인생관, 장래희망 등을 메모.

글쓰기 실제

2. 메모한 것을 요약하여 내용 구상하기.

③ 내러티브(이야기 구조) 구상하기

1. 자신의 문제와 관련된 사건의 경험을 서사화하기.
2. 경험 서사화에 대해 자기의 생각과 정서적 반응 적기.
3. 이성적 판단으로 자기 이야기를 객관화하기.

④ 경험의 서사화

1. 거리 두기: 서술의 주체가 경험의 주체를 객관화하기.
2. 경험의 반추 : 의미 있는 경험의 사건을 회상하기.
3. 경험한 사건들에 대한 솔직하고 진실한 태도로 들여다보기.
4. 성찰적 관점에서 글쓰기를 위한 장르 선택과 글의 구상. ex) 수필(일기, 편지, 유서 등) / 실용적인 글(자기소개서) / 문학(시, 시조, 자전적 소설 등)

2) 자전적 글쓰기의 실제

과거와 현재 경험이 모여 긍정적인 나를 만든다. 따라서 자전적 글쓰기에 앞서 어렸을 때부터 지금까지 내 삶에 영향을 준 경험을 되짚어 볼 필요가 있다.

① 인생 그래프

인생 그래프는 개인의 삶을 객관적으로 분석하여, 그 변화를 한 눈에 볼 수 있도록 나타낸 직선과 곡선을 의미한다. 이는 자신이 살아온 인생을 되돌아보는 목적을 지님과 나의 인생을 시각화하는 작업이다. 좌표평면 위에 나이와 행복지수를 꼴의 점으로 나타내고, 점들을 직선으로 이어 나가는 방식으로 그래프를 그리면 된다. 아직 일어나지 않은 일은 예측을 통해 선을 이어 나가는 것이 일반적이며, 사회적인 측면과 내적 측면에서의 그래프를 같이 그려나간다. 그 과정에서 우리는 지난 삶을 회고하며, 더 발전적인 미래의 계획을 도모하게 된다.

② 설문 항목 채우기

자신의 인생을 되돌아보는 과정에서 주의해야 할 부분은 바로 객관성과 공정성이다. 자신의 삶을 되돌아보면 누구나 주관적 감상에 도취하여 공정하지 못한 평가를 할 수 있다. 사람은 누구나 자신의 선택과 결정을 합리화하며 살아간다는 관점에서, 자신의 삶을 객관적이고 공정하게 바라보기란 매우 어렵다. 따라서 설문 항목을 통해 최대한 객관적으로 자신의 인생을 적어보는 것은 자전적 글쓰기의 준비 단계로써 매우 중요한 과정이다. 이때 항목은 ① 인생에서 벌어진 일 중에서 가장 기억에 남는 사건 ② 가장 잘한 행동 ③ 가장 잘못한 행동 ④ 가장 신나고 즐거웠던 경험 ⑤ 가장 슬프고 힘들었던 경험 ⑥ 가장 소원하는 일 등이며, 왜 그것이 나에게 중요한지를 성찰하는 것이라고 할 수 있다.

③ 평가받기

자신의 삶을 인생 그래프와 설문 항목으로 시각화했다면, 그것을 다수 청중 앞에서 발표·검토받을 필요가 있다. 사람은 누구든 혼자 살지 못하고 타인과 더불어 살아갈 수밖에 없다. 이는 곧 나와 타자와의 관계 속에서 나는 어떠한 존재이고, 내 삶의 궤적은 어떠한 평가를 받을 수 있으며, 또 어떻게 삶을 꾸려나가야 할 것인가를 객관적 입장에서 확인하는 과정이 된다. 이를 수반되지 않은 자전적 글쓰기는 자칫 편향적이고 왜곡된 글쓰기로 이어질 수 있다.

3) 자전적 소개서

자전적 글쓰기는 '나'를 주체로 하는 쓰기 활동이다. 이러한 점에서 자서전 쓰기나 여타의 자전적 장르 쓰기 유형과 동일시되기도 한다. 그러나 자기소개서나 자전적 소개서, 자서전, 자전 문학(시, 소설, 수필) 등은 자전적 쓰기에 뿌리를 두지만, 본질적인 구성과 내용은 각각의 장르별로 필요한 쓰기 요소가 다르다. 예컨대 자기소개서가 인사담당자와의 소통을 중심에 두고 나를 알리려는 목적을 지닌 글이라면, 자전적 소개서는 자신을 중심에 두고 자신의 내면과의 소통이라는 성향이 강하다. 물론 자전적 소개서 역시 자기소개서에 작성하는 가정환경과 성장 과정, 성격, 가치관, 장래성 등의 기본적인 틀을 살려가며, 개성 있게 소개하는 것이 바람직하다.

하지만 무엇보다 자전적 소개서는 입사나 진학, 취업을 위한 실용 목적의 자기소개서가 아닌 자신을 알아가기 위한 목적을 향해 있다는 사실을 간과해서는 안 된다. 다음은 자전적 소개서를 쓰기 위한 항목이다.

① 자기 알기

자전적 소개서를 쓰기 위해 선행되어야 할 것은 '나'에 대해 알아가는 과정이다. 자전적 글쓰기의 모든 과정은 자신을 알아가는 과정이라 해도 과언이 아니다. 이를 위해서는 현실을 살아가는 '겉으로 보이는 나'와 '내가 생각하는 나'를 구분하여 적당한 거리를 두고 바라봐야 한다. 또한, 내가 지닌 장단점과 내가 바라는 것을 적어봄으로써, 최대한 자신을 객관적으로 조망할 기회를 마련해야 한다.

자기 알기의 활동은 단순 나열로 끝나지 않는다. 구체적인 궤적을 살피며, 내가 그렇게 생각한 이유를 제시한다. 가령 내 장점을 적었다면, 그것이 장점이라고 생각하는 구체적인 사례까지 적는다. 이러한 발견은 자전적 글쓰기의 주제를 발견하는 것과도 유관하다.

(1) 겉으로 보이는 나

사람은 누구나 다양한 역할과 지위를 맡고 있다. 학교에서는 학생이자 선·후배로, 집에서는 누군가의 자녀로 여러 가지 역할을 수행한다. 이렇듯 겉으로 보이는 나를 페르소나라고 한다.

나의 역할을 나열해 보는 것은 나를 객관적으로 관찰할 수 있는 눈을 기르기 위함이다. 즉 가족이나 친구 등의 지인 관계를 맺고 있는 사람의 입장에서 나를 소개해 보는 활동이라 할 수 있다. 나의 역할을 단순히 나열하는 것만이 아니라 그 역할을 내가 어떻게 생각하느냐를 함께 적는 것도 좋다. 요컨대 나의 역할이 학생이라면 학교에서 비치는 나는 어떤지, 왜 그렇게 그렇게 생각하는지를 적어보는 것이다. 단순히 그 역할에 대한 내 느낌을 떠올리는 것도 좋다.

(2) 내가 생각하는 나

여기서는 '나'라는 인물을 써보기, 나의 장단점 쓰기, 성격 묘사하기, 내가 좋아하는 것들을 써볼 필요가 있다. 대체로 여기서는 떠오르는 생각을 구체적인 경험과 함께 써내는데, 막연하고 어렵게 느낀다면 나의 장단점 쓰기나 성격 묘사하기에 중점을 둔다.

나의 장단점을 쓰는 글에는 장점을 시작으로, 두 점이 공평하게 쓰이도록 노력한다. 또한, 자기 성격 묘사하기는 성격과 관련된 표현을 살펴보고 자신이 그에 해당하는지 확인하여 자신의 성격을 표현하는 데 도움을 받을 수 있다.

글쓰기 실제

성격		성향		이성과 감성	
외향	내향	감각	직과	사고	감정
활동적	반영적	세부적	패턴적	머리	가슴
외부	내부	현재	미래	정의	조화
사교	말없는	실리적	감상적	조직적	개인적
공공적	개인적	사실적	개혁적	비판	감사
다수	소수	차례로	임의	분석	공감
표현적	조용한	안내	예감	원리원칙	가치
넓이	깊이	일관(유지)	다양(변화)	철저	설득

(3) 내가 바라는 나

내가 바라는 나의 모습을 살피는 것은 현재와 과거의 나를 비춰보는 자기 알기 방법이다. 내가 현실에서 바라는 것을 써보고, 내가 세상 누구의 눈치도 보지 않는다고 가정하여 무엇을 어떻게 하는 삶을 꿈꾸는지 글로 써보는 것이다.

② 자신의 환경 이해하기

다음은 자신을 둘러싼 환경을 이해해야 한다. 여기에는 태어난 배경과 가족 역사, 내가 살아온 곳들을 포함한다. 자신의 환경을 이해하는 활동으로 가정환경에 대해 이해하기 활동, 주변 인물 이해하는 활동, 지난 시절 추억 쓰기 활동으로 나누어 살펴보겠다.

(1) 가정환경 이해하기

자신의 환경을 이해하기 위해 내가 태어난 가정환경을 살펴보는 것이다. 이를 위해 가계도 그리기, 가족 이야기 쓰기(부모님이 살아오신 이야기, 태몽이나 내가 태어난 배경 써보기)를 해보는 것을 권장한다. 가족 이야기를 쓸 때는 인터뷰를 활용하여 내가 몰랐던 가족 이야기를 알아가도록 한다. 내가 가장 잘 안다고 생각한 가족들의 인터뷰를 통해 새로운 이야기를 발견할 수 있을 것이며, 가족을 쓴다는 막연함도 해소될 것이다.

(2) 주변 인물 이해하기

오래된 친구나 자주 만나는 사람들에 관한 이야기를 쓰는 것이 보편적이다. 성격에도 여러 유형이 있고 유형마다 장단점이 있음을 알면 타인을 쉽게 이해할 수 있다는 것이다. 다음은 이를 참고하기 위한 자전적 소설의 한 장면이다.

> 그가 바로 강만성 노인이다. 원미동 23통 일대에서는 강노인을 모르는 이가 없었다. 아니 강노인이라고 부르기보다는 지주(地主)라고 칭해야 더 잘 알았고, 그 지주네 밭에서 일어나는 여름과 겨울의 난리판을 속속들이 겪지 않고서는 이 동네 사람이라고 말할 수 없는 형편이었다. 일 미터 팔십을 넘는 큰 키에 거대한 몸집을 가진 강노인은 언제 보아도 막일꾼 차림새였다. 유난히 큰 코는 얼굴의 절반 이상을 차지하는 듯싶고, 검붉은 얼굴과 어울리게끔 주먹코 또한 빨갛기가 딸기코 버금가는 빛깔이었다. 씩씩한 걸음걸이하며 노상 걷어붙인 채인 팔뚝의 꿈틀거리는 힘줄 따위를 보노라면 노인의 나이가 이제 칠순을 코앞에 둔 것이라고 어림잡기는 좀체 어려웠다. 목소리도 우렁차서, 그가 밭에서 일하다 말고 "용문아!"하고 소리쳐 부르면 도로를 하나 건너서 백미터쯤 떨어져 있는, 게다가 딱 뒤로 돌아앉은 그의 이층집에 있던 막내아들 용문이가 금세 튀어나오곤 했다.
>
> 강남부동산 박씨의 동업자이자 마누라이기도 한 고흥댁 말에 의하면 그가 막내아들 용문이를 어찌나 깐깐하게 다루는지 이날 이때껏 아들하고 다정히 말을 주고받는 것을 본 적이 없노라고 했다.

글쓰기 실제

③ 지난 시절 추억 쓰기

자전적 글을 쓰기 위한 아이디어 생성하기, 즉 글감을 고르기를 위해서는 지난 시절의 추억이 빠질 수 없다. 구체적으로 자신이 겪은 일 중에서 인상 깊은 일, 기억에 남은 일을 스스로 찾아보고 그것을 적어보는 것이다.

(1) 추억 쓰기

대학생은 유년 시절의 추억, 초·중·고등학교 시절의 추억을 쓸 수 있다. 해당 시절의 단편적 이야기들로부터 최근에 겪었던 일들까지 자유롭게 쓰면 된다. 유년 시절이나 지난 시절의 글을 쓸 때는 하나의 시기를 선택하여 집중적으로 쓸 수도 있지만, 시기별로 단편적 기억을 써 보는 것도 문제 되지 않는다. 여기서는 메모하기를 적절히 활용하는 것이 좋다. 자전적 글쓰기에서 메모하기는 유용하게 쓰인다. 일상에서 문득 떠오르는 기억을 메모하거나 글을 쓰며 떠오르는 기억을 메모한다면 다양한 소재를 찾을 수 있기 때문이다.

(2) 소재 추리기

과거를 추억하며 떠올린 전 생애가 바로 전부 자전적 글의 소재로 채택되는 것은 아니다. 그것은 양적으로도 감당할 수 없으며, 모든 체험에 의미를 부여할 필요도 없다. 따라서 떠올린 생애에서 스스로 가장 잘 표현할 수 있고, 중요하다고 판단한 것을 취사선택하여 자전적 글의 소재로 선택해야 한다.

(3) 주제 발견하기

자전적 글쓰기의 주제는 자신의 일생에 대한 평가나 해석과 관계된다. 즉 나의 인생관이나 세계관 등 나의 삶에서 가장 소중하다고 생각한 것을 씀으로써 자신을 평가할 수 있는 기준을 세우는 것이다. 나의 삶에서 가장 소중하다고 생각하는 것 쓸 때는 그것을 왜 그렇게 느끼는지, 그것을 얻었거나 읽었을 때의 일화 등이 뒷받침되어야 한다.

4) 자전적 시 쓰기

시는 자기 자신의 현재와 과거를 이야기하는 개인적이며 자기중심적인 장르이다. 프랑스의 소설가 프루스트는 "작가에겐 상상이란 없다. 단지 기억만으로 글을 쓴다"라고 말한 바 있다. 이는 개인의 체험에 대한 기억뿐 아니라 책이나 영화, 문화 전반에 대한 기억을 토대로 글을 쓴다는 말이다. 그의 말은 비단 소설에만 해당하는 것은 아니다.

자전적 시 쓰기는 지나온 삶을 체화하여 독자와 소통할 준비를 하는 다양한 자기표현의 과정으로 나타난다. 자전적 이야기를 시화한다는 것은 구체적인 경험을 전제로 한다. 경험을 기억하여 시로 표현한다는 것은 어려울 수도, 쉬울 수도 있다. 그런데 무엇보다 중요한 것은 경험의 진정성을 시에 담아내야 한다는 것이다. 경험의 가치는 경험의 진정성에서 확보되기 때문이다. 다음은 김남주의 시 「아버지」이다.

> 그래 그런 사람이었다 나의 아버지는
> 날이 새기가 무섭게 나를 깨워 사립문 밖으로 내몰았다
>
> "남주야 해가 중천에 뜨겠다 일어나 깔 비러 가거라"
>
> 그래 그런 사람이었다 나의 아버지는
> 학교에 늦을까봐 아침밥 뜨는 둥 마는 둥 책보 매고 집을 나서면
> 내 뒤통수에 대고 냅다 고함을 쳤다
>
> "너 핵교 파하면 핑 와서 소 띁겨야 한다

글쓰기 실제

길가에 놀았다만 봐라 다리몽댕이를 분질러놓을 팅께"

그래 그런 사람이었다 나의 아버지는
방학 때라 내가 툇마루에서 낮잠 한숨 붙이고 있으면
작대기로 마룻장을 두드리며 재촉했다

"아야 해 다 넘어가겄다 빨랑 일어나 나무하러 가거라"

그래 그런 사람이었다 나의 아버지는
저녁 먹고 등잔불 밑에서 숙제 좀 하고 있으면
어느새 한숨 자고 일어나 다그쳤다

"아직 안 자냐 색유 닳아진다 어서 불 끄고 자거라"

그래 그런 사람이었다 나의 아버지는
소가 병이 나면 어성교로 약을 사러 간다
읍내로 수의사를 부르러 간다 허둥지둥 몸둘 바를 몰랐으되
횟배를 앓으며 내가 죽을 상을 쓰면 건성으로 한마디 뱉을 뿐이었다

"거시기 뭐드라 거 뒤안에 가서 감나무 뿌리나 한두 개 캐다가 델여 멕여"

그래 그런 사람이었다 나의 아버지는
공책이란 공책은 다 찢어 담배말이 종이로 태워버렸다
내가 학교에서 상장을 타오면
"아따 그놈의 종이때기 하나 빳빳해 좋다"면서
씨앗 봉지를 만들어 횃대에다 매달아 놓았다

그는 이름 석 자도 쓸 줄 모르는 무식쟁이였다
그는 밭 한 뙈기 없는 남의 집 머슴이었다
그는 나이 서른에 애꾸눈 각시 하나 얻었으되
그것은 보리 서너 말 얹혀 떠맡긴 주인집 딸이었다

그는 지푸라기 하나 헛반 데 쓰지 못하게 했다
어쩌다 내가 그릇에 밥테기 한 톨 남기면 죽일 듯 눈알을 부라렸다

그는 내가 커서 어서어서 커서

사람이 되어주기를 바랐다

농사꾼은 그에게 사람이 아니었다

빽돌이 의자에 앉아 펜대만 까닥까닥하고도

먹을 것 걱정 안 하고 사는 그런 사람이 되어주기를 바랐다

그는 못 되도 내가 면서기쯤은 되어야 한다고 했다

그러면 자기도 면에 가면 누구 아버지 오셨냐며

인사도 받고 사람 대접을 받는다 했다

그는 내가 고등학교 대학교 다닐 때

금판사가 되면 돈을 갈퀴질한다고 늘상 말해왔다

금판사가 아니라 검판사라고 내가 고쳐 일러주면

끝내 고집을 꺾지 않고

금판사가 되면 장롱에 금싸라기가 그득그득 쌓일 거라고 부러워했다

그는 죽었다 홧병으로

내가 자본과 권력의 모가지에 칼을 들이대고

경찰에 쫓기는 몸이 되었을 때

식구들에 둘러싸여 마지막 숨을 거두면서

그는 손을 더듬거리고 나를 찾았다 한다.

　　　- 김남주, 「아버지」

　　김남주의 「아버지」에서는 아버지의 기억을 자전적으로 담아내고 있다. 김남주는 어렸을 때부터 신동 소리를 들을 만큼 총명했던 시인이다. 그런 그에게 아버지가 거는 기대는 남다를 수밖에 없었다. 김남주는 사람이 사람을 억누르는 것, 억압적인 것은 견디지 못했지만, 농사일만은 자식에게 물려주지 않겠다는 부모들의 바람을 저버릴 수는 없었다. 소위 면서기라도 해서 관공서에 출입을 바라던 억눌린 성원을 잊지 않아 대학까지 진학했지만, 결국 그는 제적을 당하고 말았다.

글쓰기 실제

김남주는 그 시절 아버지들의 삶을 통해 이 땅의 기층민층의 생활상을 노래했다. 어떤 부모가 자식이 고생하길 바랐겠는가. '빼돌이 의자'와 '펜대'만 까딱하고도 먹을 걱정 하지 않고 사는 삶을 바랐던 아버지, 너무나도 현실적인 아버지의 모습을 그렸음에도, 시인의 서정성이 돋보이는 작품이다. 특히 "그래 그런 사람이었다 나의 아버지는"을 반복하여 시적 리듬과 서정성을 획득하고 은유와 비유로 아버지의 이미지를 구축하였고 머슴이었던 아버지와 주인집 딸이었던 어머니와 비교를 통해 계급을 그려내었다.

5) 자전적 소설 쓰기

자전적 쓰기 활동에서는 쓰기의 매체를 바꾸거나 쓰기 목표 혹은 대상 독자를 달리하여 장르 변형이 가능하다. 변형되는 장르 자체의 특성에 초점을 두지 말고, 자전적 텍스트 구성에서 역할을 담당하는 사건을 다양하게 이해하는 측면으로 보면 자전적 쓰기가 지닌 소기의 목표를 침해하지 않으면서 다양한 자전적 쓰기가 가능하다. 즉 자전적 시, 자전적 편지, 자전적 수필, 자전적 만화, 자전적 영상, 자전적 소설 등 다양한 형식을 활용한 자전적 쓰기가 가능하다. 어떤 경우라도 자전적 쓰기의 장르적 특성을 활용하여 내용을 생성할 수 있다는 공통점이 있다. 특히 일상적인 경험이나 사회적 사건을 만화나 영상으로 기획해 보게 하거나 제작해 보는 활동까지 포함하면 가능한 자전적 쓰기 활동의 범위는 훨씬 넓어지게 된다. 다음은 소설가 박완서의 자전적 소설의 일부이다.

> 내가 최초로 맛본 비애의 기억은 앞뒤에 아무런 사건도 없이 외따로인 채, 다만 풍경만 있다. 엄마 등에 업혀 있었다. 막내라 커서도 어른들에게 잘 업혔으니 다섯 살 때쯤이 아니었을까. 저녁노을이 유난히 새빨갰다. 하늘이 낭자하게 피를 흘리고 있는 것 같았다. 마을의 풍경도 어둡지도 밝지도 않고 그냥 딴 동네 같았다. 정답던 사람도 모닥불을 통해서 보면 낯설 듯이.

나는 참을 수가 없어서 울음을 터뜨렸다. 엄마는 내 갑작스러운 울음을 이해하지 못했다. 나 또한 설명할 수가 없었다. 그건 순수한 비애였다. 그와 유사한 체험은 그 후에도 또 있었다. 바람이 유난히 을씨년스럽게 느껴지는 저녁나절 동무들과 헤어져 홀로 집으로 돌아올 때, 홍시 빛깔의 잔광이 남아있는 능선을 배경으로 텃밭 머리에서 너울대는 수수 이삭을 바라볼 때의 비애를 무엇에 비길까.

그때만 해도 엄마 등에 업혔을 때하고는 달리 서러움을 적당히 고조시키고 싶어 꾀까지 썼다. 어떡하면 저 수수 이삭의 건들댐이 더 슬프고 쓸쓸하게 보일까, 그 적당한 시점을 잡느라 키를 낮춰보기도 하고 고개를 요리조리 돌려보기도 하다가 풀숲에 아예 누워버리기도 했다. 그리고 가슴에 고인 슬픔이 눈물이 되어 흐르길 가만히 기다렸다.

자전적 소설 쓰기의 과정 중 소단락 만들기 단계에서 활용한 위의 지문은 '내가 최초로 맛본 OO의 기억'이라는 주제와 함께 제시하였다. 자전적 소설들은 자서전에 가까운 서술 방법을 택함으로써 독자에게 소설이 아닌 논픽션이라는 착각에 빠지게 한다. 허구에 바탕을 둔 소설과는 궁극적으로 다르지만, 필자가 자전적 소설을 자서전의 반열에 올리기도 하고, 자서전 자체를 소설 작품으로 분류하는 현상만 보아도 그렇다.

장편이 아닌 짧은 단편의 자전적 소설을 쓸 때는 다음의 사항에 유의할 필요가 있다. 서론에는 유년 시절의 기억을 회상하여 묘사해야 하며 성찰적 글을 쓰는 목적과 의도를 제시해야 한다. 본론에서는 경험한 사건 서술과 대화, 또는 인물 묘사와 함께 특정한 사건과 일화를 통해 자신의 성격이나 특성을 기술해야 한다. 여기서 나의 문제점과 개선점을 드러내면 좋다. 또한 결론에서는 나의 성공담과 바라는 삶의 가치나 사건이 나에게 준 의미나 반성, 교훈을 제시하는 것으로 끝을 맺어야 한다. 무엇보다 자신의 삶을 소설화할 때는 자신의 궤적을 단순히 나열하거나 수사적 기법에 치중하지 않는 것이 중요하다.

글쓰기 실제

2. 자서전 쓰기

1) 이야기(스토리) 만들기: 사건 연결하기

우리는 다양한 성찰과 회고를 통해 자기에게 큰 영향을 준 사건이나 감동받은 사건을 적어보았다. 그 중 동기 부여가 강한 사건들을 중심 사건으로 선택하고, 그것의 이야기와 주제, 사건을 종합해서 더 구체적으로 이야기를 만들어 볼 필요가 있다. 이때 중심 사건 하나하나를 세분화해 그것을 이루는 작은 장면이나 사건들을 연결한다. 즉 사건을 여러 사건으로 나누는 것이다. 그리고는 이야기(스토리)의 순서를 정해야 한다.

> **이야기 순서**
>
> 중심 사건 만들기 → 작은 사건으로 나누기 → 시간의 흐름에 따라 정리하기
> → 작은 사건과 큰 사건과의 연결고리 만들기 → 이야기 구성하기

이야기는 여러 사건이 일정한 시간적 관련성을 맺어야 한다. 이야기의 창작은 사건을 만드는 것이며, 하나의 사건 안에 작은 사건들은 그 안에서 어떤 의미가 있고 왜 그런 일이 일어났는가를 설명할 수 있어야 한다. 각 사건은 유기적인 연결을 통해 전체적으로 이야기의 전개가 자연스러워야 한다. 다음은 이광수의 『그의 자서전』에 수록된 「어린적」이다. 이야기의 중심 내용은 아버지, 어머니의 죽음으로 '고아가 된 나'인데, 아버지가 돌아가시기 전에 불길한 예감이 들게 된 장면 중 하나가 '메추라기 죽인 이야기'이다. 아버지의 죽음이 중심사건이라면 '메추라기 죽인 이야기'는 중심 사건 발생과 관련된 하나의 작은 사건이다.

나는 아버지 마중 가던 것도 잊어버리고 손으로 풀을 헤치며 메추라기 둥지를 찾아서 얻었다. 거기는 알이 세 갠가 네 갠가 소도록히 놓여있었다. 나는 어미 메추라기가 반드시 둥지로 돌아올 줄을 믿고 밭둑에 가만히 숨어서 기다

리고 있었다.…(중략)… 아니나 다를까. 얼마 아니해서 메추라기가 날아 돌아왔다.……(중략)…… 풀대들이 간들거리지 아니할 때를 기다려서 손에 들었던 돌멩이를 메추라기 둥지를 겨누고 던졌다. 그리고서 놀란 메추라기가 날아 나가기를 기다렸으나 아무 소식이 없었다. 나는 발끝으로 사뿐사뿐 걸어서 메추라기 둥지 있는 곳에 가보았다. 내가 던진 돌은 분명히 메추라기 둥지에 떨어져서 그것을 덮고 있었다. 나는 그 돌을 들었다. 그리고는 나는 두 손을 귀밑에 들고 입을 딱 벌리고 한참은 화석한 사람과 같았다. 메추라기는 알을 품은 채로 내가 던진 돌멩이에 맞아서 으스러져서 내가 돌을 쳐들 때에 두어 번 날갯죽지를 퍼뜩퍼뜩하는 듯했으나 죽어 버렸다. 알이 터져서 노란 것이 어지럽게 흩어져 있었다.

이야기의 창작에서 중요한 것은 거짓되지 않아야 한다는 것이다. 우리가 인지하는 의식은 빙산의 일각이다. 우리 뇌에 저장된 내용 중 극히 작은 부분만이 의식을 차지하고, 그 외의 대부분은 무의식으로 잠겨 있다. 잠긴 무의식은 우리 삶에 은밀히 작용하는데, 그것을 발견하고 글을 쓰려면 자기 자신과의 대화가 중요하다. 자전적 글을 쓸 때는 우리가 늘 옳다고 여기는 올바른 것을 적는 것이 아니다. 나와의 대화를 통해 내가 무엇을 느끼고 왜 그렇게 느끼는지를 적는 진정성을 담은 글을 써야 한다.

2) 사건 배열하기(플롯 만들기): 사건을 구성하기

플롯은 만들어진 사건과 이야기를 재배열하여 필자의 의도를 제시하는 방법이다. 사건은 재배열을 통해 논리가 구현되고 의미를 만들어낸다. 사건의 구성은 서술하는 구체적 단계에서 드러나는 것이므로 서술 순서라고도 한다. 또 사건의 선택·배열을 통해 말할 것과 말하지 않을 것, 말할 내용의 순서를 정하는 것을 사건 구성하기라고 한다. 사건의 배열은 흥미로움을 자아내고, 글의 주제를 드러내게 한다. 자전적 이야기에는 으레 우여곡절이 있고, 그것을 얽어서 삶을 다룰수록 이야기의 플롯은 복잡해질 수밖

글쓰기 실제

에 없다.

사건 구성 유형은 '상승 → 하강 → 상승 …… → 상승 구조'의 구조와 '하강 → 상승 → 하강 …… → 하강'의 구조 그리고 평행구조 등이 있다. 나에게 좋은 일은 상승, 나쁜 일은 하강이다. 혹 사건이 일회적·우연적인 것이라면 스토리는 그에 시간적 질서를 부여한 것이 되고, 플롯은 인과론적인 논리와 의미를 구현한 것으로 볼 수 있다. 따라서 플롯의 구성은 작품의 의미 창출에 관건이 되는 것이다.

3) 주요인물 설정하기

주요인물 설정하기는 가족이나 친구, 주변 사람들에 대해 수집한 자료를 바탕으로 세밀하게 적어보는 과정으로 진행한다. 나의 삶 혹은 인생관에 영향을 미친 사람을 선별하는 것도 중요하다. 무엇보다 자신을 객관적으로 바라보고 분석했듯, 내가 쓰고자 하는 인물도 객관적으로 바라보고 내 느낌을 솔직히 쓰는 것이 바람직하다. 요컨대 '우리 아버지인데', '내 친구인데'하고 내 생각을 객관적으로 적지 못하면 자전적 글은 실패하게 된다. 자전적 글쓰기에서는 글 쓰는 나와 서술자로서의 나를 분리해야 하는 것도 같은 이치다.

4) 사건의 배경 설정

사건에 적절한 배경이 결합하면 사실감과 흥미로움, 서사성이 살아난다. 자전적 글의 배경에는 '시간적 배경'과 '공간적 배경'이 있다. 대부분 자신의 집이나 핵심 공간을 설정하고, 그 주변을 묘사·구체화한 후에 인물과 연관 짓는 방법을 사용한다. 물론 배경의 중요도를 고려해 간단하게 처리하는 방법도 있다. 다음 이광수의 자전적 글에서는 배경이나 환경을 세심하게 묘사하지는 않고 간단히 언급하고 있다.

내가 고향에 돌아온 때에는 조선서는 인심이 물 끓듯 하였다. 이등 공작 암살 사건, 해아 평화 회의 사건, 양위 사건, 군대 해산 사건 등등. 그리고 민간에는 학교들을 세우고, 연설들을 하고, 대운동회를 하고, 비밀 결사들이 생기고 그러나 나는 여기서 그러한 자세한 이야기를 아니하는 것이 좋을 것이다.

아래는 이광수가 배경 묘사로 자서전을 시작한 부분이다.

우리 집은 삼각산이 멀리 바라보이는 어떤 농촌이다. 지금 내 눈에 조선이라는 것이 한 점으로밖에 아니 보이기 때문에 무슨 도, 무슨 군이라고 밝힐 필요를 느끼지 아니한다. 그뿐더러 내가 아직도 살아있는 사람이요, 내게 관계되는 사람들이 대부분은 살아있는 사람들이기 때문에 내 집의 위치를 밝히는 것이 불편한 점도 없지 아니하다. 그러므로 내 자서전을 읽는 여러분은, 제목에서 「그」라고 하고 본문에는 내라고 하는 이 사람이 당신네 동네, 당신 이웃에 사는 사람으로 생각하시면 그만일 것이다. 사람의 생활이란 어느 곳에를 가거나 대개 비슷한 것이니까 내 생활이 곧 당신의 생활이 아닐까. 이것이 실례되는 말이면 용서하라.

박완서의 글에서 배경 묘사도 살펴보자.

박적골엔 이렇게 두 양반집과 열여섯인가 열일곱 호의 양반 아닌 집이 있었지만, 지주와 소작인으로 나누어져 있진 않았다. 바위라고는 하나도 없이 능선이 부드럽고 밋밋한 동산이 두 팔을 벌려 얼싸안은 듯한 동네는 앞이 탁 트이고 벌이 넓었다. 넓은 벌 한가운데를 개울이 흐르고, 정지용의 시 말마따나 '옛이야기 지줄대는 실개천'은 아무 데나 있었다. 우리 집에서 뒷간에 가려도 실개천을 건너야 했다. 실개천은 흐르다가 논을 만나면 곧잘 웅덩이를 만들곤 했는데 우리는 그걸 군우물이라고 해서 먹는 우물과 구별했다. 지금 생각하니 소규모의 저수지가 아니었던가 싶다. 거의 흉년이 들지 않는 넓은 농지는 다 우리 마을 사람들 소유였다. 땅을 독차지한 집도 땅을 못 가진 집도 없었다. 다들 일 년 먹을 양식 걱정은 안 해도 될 자작농들이었고 부지런했다.

모든 자전적 글에는 중심 문제가 있고, 그것은 인물들이 사는 삶의 조

건에서 만들어진다. 그리고 그 삶의 조건을 추상화한 것이 환경이다. 모든 자전적 글에는 환경이 설정되어 있는데, 그 환경을 직접 문제 삼을 수도 있고, 환경을 간접적으로 숨겨둘 수도 있다.

5) 서술자와 시점 확정하기

서술자는 중계 방송하는 아나운서처럼 무엇을 보고(시점), 그것을 내 이야기로 삼을지, 남의 이야기로 삼을지 결정하고(인칭), 그 이야기를 직접 말할지, 인물에게 맡길지(의식)를 결정한다. 이것이 바로 문학에서 서술자에게 인격을 부여하는 과정과 다름없다.

인물과 사건, 배경에 대한 설정을 한 다음은 서술에 대해 설정하도록 한다. 자전적 글을 쓸 때 글쓰기 주체는 일반적으로 자신을 표면에 내세운다. 그러나 자신을 1인칭이 아닌 3인칭으로 표현하거나 허구적 인물을 대리인으로 내세워 자기를 표현하기도 한다.

자전적 글쓰기에서 자기표현 방식은 고백 주체의 설정으로 이루어진다. 이를 통해 작가와 서술자, 등장인물 사이에 동일성이 형성되는 자서전 양식이 성립하는데, 서술 행위의 측면에서 작가와 고백 주체의 동일성이 성립하는 글의 양상을 자전적 글의 첫 번째 유형으로 설정할 수 있다. 이때는 자기 평가의 시각이 단일화되어 자기를 객관화하기 어렵다. 따라서 1인칭 서술자의 경우에는 '나'와 등장인물로 사건을 체험하는 체험적 자아인 '나'를 분리해야 한다.

① 1인칭 서술자(글쓰기 주체와 고백 주체의 동일성)

자전적 글쓰기에서는 주체를 1인칭으로 나타내는 것이 일반적이다. 이때는 글에 나타난 개인의 객관적 사실에 대해 전적으로 책임져야 하는 부담을 안게 된다. 여기서 노출의 문제가 발생하곤 한다. 본래 자전적 글쓰기는 타자에게 자신의 진실을 전달하는 것이 일차적인 목적이다. 그러나 자전적 글쓰기가 소설보다 사실 세계에 밀접하다고 진실성을 담보하는 것은 아니다. 자기 객관화 능력이 결여되어 자기합리화와 미화에 그치는 자전적 소설은 자기 자신과 일정한 거리를 두고 자기의 진실을 전달하는 자전적 글쓰기의 본령에 미달한 것이다.

② 글쓰기 주체와 고백 주체 유사성

글쓰기 주체를 3인칭으로 지칭하거나 허구적 인물을 내세워 자기의 모습을 서술하는 방식은 글쓰기의 주체와 텍스트 내적 담론 주체를 분리하여 자기의식을 분화시키는 표현 방식이다. 노출의 문제를 꺼리는 사람들에게는 유용한 서술 방식이기도 하다. 글쓰기의 주체를 3인칭으로 서술하여 '나의 이야기'라는 부담을 덜어낼 수 있기 때문이다.

실제 글쓰기의 주체와 허구적 인물 사이의 내적 분화가 형성되면, 언술 내용적 측면에서 작가와 고백 주체 사이의 유사성이 성립된다. 이때 소설의 특성인 허구성이 성립될 수 있다.

③ 글쓰기 주체와 고백 주체의 이질성

글쓰기 주체와 고백 주체 사이에 이질성이 성립할 때, 타자의 고백을 전달하는 유형이 있다. 이는 작가의 허구적 대리인으로, 작중인물은 타인의 고백을 전달한다. 하나의 자전적 글이 어떤 서술자로 서술을 이끌고 가느냐의 문제는 소설의 내용적 요소(인물, 플롯, 환경)와 밀접하게 관련지으며 서술자의 위치와 목소리, 서술을 구체화하는 방식 등 종합적으로 고려할 때 효과적인 글쓰기에 도움이 된다.

6) 어조와 문체

글쓰기 실제

문체는 글 쓰는 사람의 말하기 방식이다. 이는 자전적 글쓰기에서 화자 혹은 글쓴이가 말하는 바를 드러내는 방법이다. 자신이 체험한 경험을 서술하는 자전적 글쓰기에서 자기 이야기를 숨김없이 적으면서 자연스럽게 문체를 선택한다. 덧붙이면 문체는 내용이나 플롯 상의 역할, 인물의 상황을 고려하며 조정하는 것이 효과적이다. 또한 자전적 글쓰기를 할 때는 간결한 단문체는 쓰는 것이 좋다. 긴 문체는 어법에 어긋나는 서술을 하게 하거나 매끄러운 이야기 전개에 방해요소가 되기도 한다.

어조 역시 문체를 결정짓는 요인이다. 어조는 독자에 대한 글쓴이의 태도와 연관된다. 겸허한 태도로 이야기를 할지, 의지적 문장으로 강인함을 드러낼지 등의 태도도 그 문체를 결정하는 요인이다.

7) 자전적 일기 쓰기

일기는 그날그날 생긴 일 가운데 가장 인상 깊고 의의 있었던 일을 후일에 참고하며, 보람 있는 삶에의 지침을 삼기 위해 사실대로 자유스러운 형식으로 날짜를 따라 기록해 두는 글이다. 이러한 일기의 성격은 다음과 같다.

① 독자적인 글 : 누구도 의식하지 않고 자기와 대화하듯 쓰는 가장 개인적인 글이다.
② 비공개적인 글 : 공개하는 데 뜻을 두지 않아 자기만이 간직하는 비밀의 세계다.
③ 자유스러운 글 : 내용의 제한이나 형식의 제약을 받지 않는 글이다.
④ 자기반성의 글 : 자기를 똑바로 보고 반성하며 비판하는 인격 수련의 도장이다.
⑤ 자기 역사의 기록 : 자기 생활의 과거를 보존하는 개인 역사의 기록이다.

⑥ 자기 발전의 실현 : 자신의 과거를 반성하고 정리하여 미래를 내다보는 설계도다.

우리는 일기를 쓸 때, 시간에 흐름에 따라 혹은 특정 사건에 천착한 나의 행동을 주로 서술해왔다. 자신의 내면을 초점화하기보다는 주로 외부의 사물이나 사건에 그날의 기억을 위탁해온 것이다. 그것은 누군가에게 보이기 위해 혹은 분량을 채우기 위해, 자의가 아닌 타의에 의해 서술하게 된 경우라면 더욱더 그렇다.

그러나 엄밀하게 일기는 '자신에게 하는 이야기'를 말한다. 그것은 즉 자의에 따라 쓰고 싶을 때, 자유롭게 자신만을 위해 쓰는 글이라는 의미다. 그러나 그동안 우리는 누군가에게 보이기 위해 "오늘은~", "나는~" 이라는 식으로 그날 일정을 시간 순서에 따라 기록하지 않았는가.

또 솔직하지 못한 감정을 억지로 혹은 단순하게 기술하지 않았는가.

자전적 일기 쓰기는 일기의 속성인 '솔직하게 적기'와 '내용 정하기', '자세히 기록하기'등의 항목에 오로지 자기 내면을 중심에 두고 서술하는 방식이다. 즉 특정 사건 서술이나 타인에 관한 기술은 최소화하되, 그것을 통해 느낀 나의 내면을 골똘히 들여다보고, 그 안에서 잉태된 감정을 발현하는 것이다. 이는 객관적 서술보다는 다소 주관적 서술 경향이 강하게 드러나는 형태로, 자칫 감정 과잉분출이 발생할 수 있다. 그에 따라 오랜 성찰과 불필요한 감정 정제(精製)에 시간이 요구되기만, 나의 체험과 감정을 솔직하게 마주할 수 있다는 장점을 지닌다. 자전적 일기쓰기에서 주로 사용하는 방법은 다음과 같다.

① 하루를 돌아보며 자신에게 문제를 던져주는 사건이나 경험, 깨달음을 질문으로 시작한다. 여기서 질문은 문제의 인식과 제기를 하는 것으로 간주된다.

ex) 내 전공이 나에게 어울리는가? 나는 열심히 사는데 왜 힘들기만

할까? 내 성격의 문제점은 무엇인가? 내가 정말로 원하는 삶이란 어떤 것일까?

② 사실(주어진 조건)을 기술하고 앞으로의 계획을 엄밀하게 써내려가는 방식으로 서술한다. 이는 나의 현재를 점검하고 나를 성장시키는 자극을 일으키는 것으로 간주된다.

ex) 앞으로 나아갈 방향은 무엇인가. 나는 어떠한 삶을 살아갈 것인가. 내가 인생에서 최종적으로 남기고 싶은 것은 무엇인가.

③ 하루의 경험에서 강렬한 인상을 준 사건을 두고 반성의 글을 쓴다. 반성형 일기는 자신을 위로하고 위안하는 글쓰기의 계기를 마련한다.

일기를 쓰는 이유는 그날 발생한 사건 혹은 감정의 순간순간을 오롯이 보존할 수 있기 때문이다. 무릇 기억은 쉽게 변하고, 변질되거나 왜곡되기도 한다. 더러 시간의 흐름에 따라 희미해지기까지 한다. 이는 주어진 환경과 상황에 따라 자기 기억을 부정하고, 자기 감정에 자신이 속는 일이 발생할 가능성을 내포한다. 따라서 일기는 꾸준히 쓰는 것이 중요하며, 하루에 한 번 혹은 저녁에 써야 한다는 편견을 가질 필요는 없다. 오히려 쓰는 시간과 횟수, 시공간의 제약 없이 자유롭게 자신과 대화를 하며 내면의 상태에 주목하는 것이 중요한 것이다.

1. 문학적 소통방법

1) 문학적 소통

　문학은 상상의 힘을 빌려 사상이나 감정을 언어로 표현한 예술 작품이
한다. 무릇 문학을 이해려면 '문학'이라는 실체가 존재해야 한다. 그런데
아이러니하게도 문학은 물리적 실체가 존재하지 않는다. 어린 시절부터
들어온 '설화'나 '춘향전', '홍길동전' 등의 이야기 역시 실체가 없다. 그렇
다고 실체 없는 개념은 문학이 될 수도 없다.

　문학의 실체라 할 수 있는 것은, 언어로 이루어진 것이며, 언어로 구성
된 문학이 수행되는 방식은 말과 글이다. 말과 글로 수행되는 것의 공통
속성이 있다면 그것은 언어의 형상적 운용이며, 언어를 형상적으로 운용
하는 것은 장르마다 다른 규칙이 있어 그 규칙을 따르게 된다. 이러한 규
칙을 배움으로써 우리는 문학의 실체에 다가가게 된다. 문자 언어로 문학
의 실체를 드러내려면 글쓰기가 이루어져야 하며, 글을 쓰는 사람이 있어
야 한다. 또 그는 글감을 동원해야 하고, 스스로가 선택한 문학 장르의 규
칙에 익숙해져야 한다.

　여타의 글쓰기와 달리 문학적 글쓰기는 특정 목적을 달성하려는 수단으
로 쓰이지 않고 그 자체가 목적으로 쓰인다. 즉 문학 자체로 재미있고 아
름답기에 쓰고 읽는 것인지, 무엇에 도움이 되기 때문에 쓰고 읽는 것이
아니다. 다만 문학의 재미 속에서 우리는 삶의 의미를 발견하고, 자기 성
찰을 끌어내기도 한다.

　우리는 메모, 일기, 편지 혹은 메일이나 핸드폰 문자 등의 글쓰기를 해

본 적이 있다. 더군다나 학교에 다니며 한두 번쯤 교내백일장 등을 통해 시, 동시, 어떤 경우는 소설을 써 본 일도 있을 것이다. 그렇다면 우리는 문학을 창작할 수 있는 충분한 바탕은 마련된 셈이다.

그런데도 우리는 흔히 문학은 재능을 타고난 사람에 한정된 일이라는 생각을 하곤 한다. 그러나 정작 '문학적 재능'이 무엇인지에 관해 생각해본 일은 드물 것이다. 이때의 문학적 재능은 문학을 '생산'하고, '소통'하는 일련의 문학 행위를 수행하는 능력이라고 할 수 있다. 이 문학 행위는 언어 체계 안에서 그 언어의 문법을 익히고, 그 언어 규칙을 지키면서 글을 쓸 수 있는 능력과 정황과 맥락에 맞게 적절한 문장을 쓸 줄 아는 능력이다. 구체적으로는 묘사, 논증, 설명, 서사 등 문장의 기본 양식을 운용할 줄 아는 능력을 말한다. 이러한 능력이 없다면 문학 장르의 규칙을 준수하여 완결성을 지닌 글을 쓸 수 없다.

완성한 글을 통해 독자와 소통하는 능력은 언어적인 의미의 공유 능력을 말한다. 완결된 글은 글쓴이가 속한 집단 혹은 여타의 독자가 읽게 된다. 남이 읽고 가치 평가를 하는 가운데 글은 문학성을 갖추게 된다. 타인이 글을 읽도록 하는 능력이 글쓰기 차원에서 필요한 소통 능력이라고 할 수 있다. 즉 문학 능력은 글쓰기를 통해 예술의 세계를 창조하고, 독자와 의미를 공유하며, 이념을 실천하는 문화 양상으로 구현된다고 볼 수 있다.

문학은 문예적 가치를 구현하고, 문예적 본질을 내포한 언술 체계를 지닌다. 즉 창조적인 언어를 구사하여 새로운 세계를 구축하고, 그렇게 구축한 세계를 타인과 공유하기에 다른 영역의 글쓰기보다 창조성이 훨씬 부각되는 글쓰기라고 할 수 있다.

문학적 재능은 얼핏 선천적으로 타고난 것처럼 보이지만, 그보다 중요한 것은 문학적 글쓰기를 하며 즐거움을 느끼는 능력이다. 인간은 관심 분야가 생기면, 많은 관심을 기울이고 그 결과 자연스럽게 그 부분을 알기 위해 애를 쓰게 된다. 이것이 없다면 아무리 뛰어난 언어적 감각을 지녔어도 글을 쓰는 작업을 지속하기는 어렵기 때문이다.

한편, 문학적 글쓰기의 창작 과정에서 본인의 글이 어떤 장르에 해당하는지를 구분하는 문제는 중요하지 않다. 자료 수집 방법이나 서술하는 데 필요한 수사법 등 말고는 문학의 속성에서는 장르 간에 공동으로 가로놓인 속성이 더 많기 때문이다.

2) 패러디(Parody) 기법

패러디는 소설이나 시, 영화나 드라마, 만화, 애니메이션, 음악 등 이미 나와 있는 것의 어떤 부분을 익살적으로 혹은 조롱하여 자신의 작품을 구성하는 것을 말한다. 이는 남다른 시선으로 대상을 비틀어 바라봄으로써 또 다른 의미를 발견하는 작업이라고 할 수 있다.

기본적으로 문학 작품은 독자에 의해 지속해서 읽히고 해석된다. 특히 독자가 문학 작품의 주제에 동의하지 않거나 다른 관점을 지닐 때 독자는 자신만의 시각에서 작품의 내용이나 형식을 새롭게 구성하는 패러디를 하기도 한다. 이러한 측면에서 패러디는 창조적으로 작품을 재구성하는 것이지만, 그 기본 태도는 비판 정신이라 할 수 있다.

패러디는 원 텍스트의 모방을 전제로 하기 때문에, 원 텍스트가 없는 패러디는 존재하지 않는다. 그러나 이때의 모방은 원 텍스트를 기계적으로 복사하는 것이 아닌 원 텍스트의 형식, 내용, 문체, 어법 등을 새롭게 재구성하거나 반전과 전복을 통한 새로운 의미의 창출을 꾀한다. 즉 패러디는 원 텍스트를 통한 창조적 모방이라는 점에서 서로 고유의 성격을 지니면서도 대립하는 이중성을 지닌다고 할 수 있다.

패러디는 타인의 저작물을 이용하여 자신의 사상이나 감정을 표현하므로 표현의 자유에 포함되어 자유로운 창작 활동으로 인정받는다. 그러나 표현의 자유가 보장된다고 원 텍스트를 통해 타인의 명예나 권리 등을 침해해서는 안 된다. 간혹 패러디를 위해 타인의 저작물을 허락 없이 저작권법에 규정된 제한 범위를 초과하여 이용한다면 그것은 저작재산권의 침해가 될 수도 있기 때문이다. 패러디물로 인정받을 수 있는 경우는 다음과 같다.

① 원저작물에 의해 사회적으로 형성된 고정 관념을 파괴, 풍자, 야유하는 것.
② 이용하는 저작물이 단지 웃음만 자아내게 하는 것이 아니라 예술적·사실적인 문제를 제기하는 것을 목적으로 하는 것.
③ 이용하는 저작물이 자체적인 독립성과 개성이 있는 것.
④ 이용하는 저작물이 예술적·사실적으로 우수한 것.

타인의 저작물을 이용한 패러디 작품에는 작자 고유의 창작성이 있으면 2차적 저작물로서 보호를 받을 수 있지만, 창작성이 없다면 보호를 받을 수 없다. 또한 패러디 작품이 2차적 저작물로서 보호받을 수 있다 해도, 그 패러디의 작성을 위하여 이용된 타인 저작물은 저작자의 허락 없이 이용된 경우에는 저작 재산권의 침해에 대한 책임을 져야 하며, 패러디의 작성 및 공표로 저작인격권이나 다른 사람의 인격권을 침해한 경우는 인격권의 침해에 대한 책임을 져야 한다.

한편, 패러디는 원 텍스트와의 관계 속에서 존재하며, 이때 원 텍스트와 교섭하는 과정을 거쳐 변형된다. 따라서 원 텍스트와 패러디한 텍스트는 상호 텍스트성을 확보한다. 패러디는 원 텍스트와의 관계를 전제한다는 점에서 모방이나 심지어 표절과도 유사 부분이 있지만, 이들과는 구별되는 특성이 있다. 패러디하는 사람은 원작의 제목, 소재, 시어, 문장, 통사 구조 등을 활용하여 작품을 창작하는데, 이는 독자가 원작과의 관계를 고려하면서 해당 작품을 패러디로 읽게 하려는 것이다. 또 한편으로는 원작과의 차이를 드러내는데, 작가는 비판적 의식을 바탕으로 원작의 내용과 형식을 재구성한다. 이러한 차이가 패러디물의 예술성을 평가하는 척도가 되기도 한다.

다음은 우리가 쉽게 접할 수 있는 '춘향설화'나 '처용설화'와 같이 일정한 구조를 지닌 꾸며낸 이야기이다. 설화를 바탕으로 한 패러디에서는 창작자의 개성이나 비판의식을 드러내기보다는 선행텍스트의 사건과 인물의 성격 등을 충실히 재연하는 데 초점을 둔다. 이는 창작자의 개성이 줄어드는 대신 창작자는 설화의 전수자 역할을 맡아 전통유산의 계승에 기여하는 데 일조하기 위함이다.

원작(향가, 「처용가」)

서울의 밝은 달에
밤 깊이 놀다가
들어와 자리를 보니
다리가 넷이로구나
둘은 내 것(내 안해)이고
둘은 누구의 것인고
본디 내 것이지마는
빼앗긴 걸 어찌하리오.

패러디 작품(천유철, 시조 「처용무」)

달이며 강물조차 흔적 없는 깊은 밤은
칠흑 같은 어둠 속에 그 혼백도 처절하다
여인의 허리를 닮은 가냘픔 옷매무새.

그림처럼 보이나니 화려한 저 수무족도
풀벌레 울음마저 가만가만 다스리며
한 세월 시름을 푸는 신이 들린 몸짓이다.

살며시 눈을 감아 저 아내를 훔쳐보며
외로운 웃음마저 차마 못 이루나니

글쓰기 실제

처용랑 올곧은 뜻을 아내 어찌 알겠는가.

어차피 이 세상은 한 판의 굿이로다
감기고 틀어져서 살아갈 삶이지만
서라벌 밝은 달만이 이 곡절을 알리라.

춘향설화를 패러디한 작품(천유철, 시조 「춘향단장」)

쓸쓸한 달빛 아래 세월 잎이 하나 지고
춘란빛 먼 하늘은 한 장 구름 가는 고독
순백색 무너진 가슴 하늘가에 걸어두네.

걸어둔 아픔이야 타고 남은 재인 것을
번지고 얼룩진 설움 구름처럼 피어나네
눈물빛 한 줌 추억도 지르밟는 황혼이여.

추억에 지친 혼도 노곤히 잠드올 제
마디마디 아픈 가슴 저녁달도 중천에 설워
님 닮은 바람 그림자 여울로 흘려주네.

그리움 고요히 젖는 오월의 단옷날 밤
이 한생 연고 없지만 뉘 있어 못 끊을 명줄
목숨에 죄 있더라도 되짚고 설 아픔이여.

　패러디한 위의 두 설화는 고대부터 축적된 민족의 근원적인 정서를 담고 있다는 점에서 문학적 의의가 높은 작품이다. '춘향설화'와 '처용설화'는 다른 설화보다 시와 시조작품의 창작모티프로 패러디되는 빈도가 높은 작품이다. 시인들이 이들 설화 속에 내재된 정서를 시 속에 끌어들이려하기 때문이다.

　패러디 작가는 설화의 전수자 역할을 맡아 전통유산의 계승에 일조하는 한편, '처용'과 '춘향'의 입장에서 서서 그들의 심정을 토로하며 설화를 시적으로 변용한다. 이렇듯 설화를 모티프로 창작하는 것은 새로운 창작 소재의 탐색 과정이자 설화 축적된 상상력의 원형을 모방 행위라고 할 수 있다.

2. 창의적 표현기법

1) 발상(發想) 끌어내기

문학적 글쓰기는 누군가의 강요나 특정 목적을 달성하기 위해 쓰는 것이 아닌 스스로가 원해서 쓰는 글쓰기다. 즉 그 자체로 누군가나 목적을 위해 쓰이는 글이 아닌 스스로의 창작 충동으로 실현되는 글쓰기라는 말이다.

우리는 무엇을 보거나 들었을 때, 또는 어떤 일을 하거나 겪으면 그것에 대해 무언가를 느끼곤 한다. 예컨대 '아름답다', '슬프다', '불쌍하다', '그립다' 하는 느낌을 받으며, 왜 그러한 감정을 느꼈는지를 곰곰이 생각해본다. 그리고 생각은 곧 상상으로 발전하기도 하며, 상상을 펼쳐가면서 간혹 글로 그것을 표현하기도 한다. 이렇듯 살아가면서 본인의 삶을 언어로 쓰되 형상적인 방법으로 쓰고 싶은 마음을 '언어적 형상 충동'이라고 하며, 그 충동은 곧잘 문학적 글쓰기를 통해 표출되곤 한다.

대체로 좋은 작품은 좋은 발상에서 시작된다. 좋은 발상을 하기 위한 대표적인 방법들의 유형은 다음과 같다.

① **관찰**: 사물을 유심히 관찰하는 것으로부터 소재나 모티프를 찾아낸다.
② **체험**: 자신의 체험에는 자신만의 차별화된 쓸거리가 분명히 있다.
③ **지인에 대한 관심**: 가족이나 친척, 친구에 대한 관심이 모티프로 이어진다.

글쓰기 실제

④ **인물의 특징**: 어떤 인물의 남다른 특징과 습관을 과장해 본다. 다른 사람보다 더 깊이 고개를 숙여 인사하는 동료, 가는 귀가 먹어 말귀를 못 알아듣는 친구 등등.

⑤ **주변사람들의 이야기**: 주변 사람들과 가볍게 나누는 이야기, 무심코 스쳐 지나가는 이야기, 그 안에 글의 모티프가 숨겨져 있다. 가벼운 농담이나 언어유희도 그중 하나이다.

⑥ **여행에서 얻은 정보**: 일상을 벗어나서 겪는 체험담과 느낌은 특별하다.

⑦ **하나의 공간이나 장소에 대한 천착**: 하나의 장소나 공간, 이를테면 카페, 옥탑방, 교실, 엘리베이터, 벤치 등등. 공간이나 장소를 조금 더 세분화해보자. 골목 귀퉁이의 카페, 걸핏하면 고장 나는 엘리베이터, 한적한 공원의 아무도 지이 않는 벤치, 비어있는 시골집 등등.

⑧ **사물의 성격변화**: 밥 대신 책을 먹는다, 냉장고를 장롱으로 활용한다, 자동차 트렁크를 침3대로 활용한다, 의지를 화분 받침대로 활용한다, 밥 대신 흙을 먹는다 등등.

⑨ **심리적 증상이나 특이한 병증**: 각종 신드롬이나 공포증, 알레르기, 강박관념 등은 좋은 소재가 될 수 있다. 실제로 없는 증상이나 병증을 만들어도 좋다.

⑩ **신화나 전설, 역사적 사실**: 계속 반복되더라도 새롭게 변형될 수 있다면 여전히 좋은 소재나 모티프일 수 있다.

⑪ **신문이나 인터넷**: 남들이 주목하지 않는 가십 기사 등에 글감이 숨겨져 있을 수 있다.

⑫ **기념일이나 국경일**: 기념일과 국경일, 혹은 축제를 다른 시각에서 보면 좋은 글감을 발견할 수 있다.

⑬ **상식적인 관계 비틀기**: 선생님과 제자, 아버지와 아들, 남편과 아내, 할아버지와 손주 등과 같은 상식적 관계를 비틀어 새로운 관계로 만

들어보자. 인간관계뿐만 아니라 사물과 사물의 관계 역시 마찬가지로 비틀어보자.

⑭ **트렌드에 대한 관심**: 다이어트, 힐링, 멘토링, 반려 동물, 재테크, 리얼리티 방송, 서바이벌 게임 등과 같은 트렌드를 나만의 시각으로 재해석해보자.

⑮ **역사적인 인물에 대한 재해석**: 유명한 영웅을 의도적으로 깎아내리거나, 비루한 바보를 영웅으로 만들어보자.

⑯ **알레고리적 상상**: 우리나라가 1945년에 해방이 되지 않았다면? 어느 날 외계인이 재개발촌을 방문했다면? 텔레파시로 남의 마음을 읽는 사람이 있다면? 등과 같은 상상을 발전시켜보자.

⑰ **강렬한 이미지**: 그림이나 사진으로 보았거나 현실에서 마주쳤던 인상적인 이미지에 상상을 덧붙여보자.

- 김미월 외, 『창작의 비밀』, 우공이산, 2015, 209~210쪽.

2) 낯설게 표현하기

문학적 글쓰기에서 특정한 소재를 정하여 문학적으로 형상화할 때는 그 소재를 남과 다르게 보는 시선과 표현 능력이 요구된다. 같은 소재라도 시대와 장소, 상황에 따라 표현하는 방식이 다르고, 문학이라는 것은 비유적 표현을 통해 사물의 고정된 시각을 벗어나 새로운 의미를 포착하고 표현하는 작업을 수반하기 때문이다. 즉 문학은 같은 소재와 체험을 해도 그 주체의 생각과 느낌이 다르기에 자기만의 눈으로 새로운 세상을 보고 개성적이고 독창적인 자기만의 표현 방식이 요구된다. 요컨대, 우리가 알고 있는 사물을 다른 시선으로 보는 것이 중요하다는 것이다.

의자는 '사람이 걸터앉는 데 쓰는 가구'이다. 그러나 누군가에 의자는 일정 시간, 자신의 잘못을 반성하는 '생각의자'가 될 수도 있고, 슬플 때 마음을 달래주는 '친구'가 될 수도 있고, 힘이 들 때 쉬어갈 수 있는 '휴식처'가 될 수도 있다. 문학적 글쓰기에서는 일상적인 의미의 의자가 아닌 다양한 표현 방식으로 의자를 표현하는 것이 중요하며, 그러기 위해서 '의자'라는 사물을 다른 것에 빗대어 표현하는 비유(수사법)를 활용하게 된다.

A 의자가 눈앞에 있다.

B 의자가 친구처럼 눈앞에 있다.

C 의자는 하나뿐인 친구다.

D 의자에는 할아버지가, 아버지가, 어머니의 온기가 남아있다.

E 의자는 어둠 속에서 발돋움하며 일어서고 있다.

F 의자는 내게 다가와서 귓속말로 사랑을 속삭였다.

G 보이지 않았다, 의자는.

H 넓고도 좁은 의자.

A는 일상적인 의미와 단어(의자, 있다)와 그 연결체로 구성되어 있다. 그러나 B는 의자가 있되 '친구처럼' 있는 것으로 되어 직유에 의해 일상적인 의미로에서 벗어나 있다. 이것이 문학적인 표현 방식이다. 이러한 비유에는 단순한 유추에 의해 성립될 수 있는 직유, 연결어가 없는 은유(C), 불명확한 그리움 같은 감정을 명확한 의자라는 형상을 통해 드러내는 상징(D), 사물에 인간적인 요소를 표현하는 활유(E), 사람이 아닌 것을 사람인 것처럼 표현하는 의인(F), 말의 순서를 바꾸어 특정 부분을 강조하는 도치(G), 진술이 논리적으로 모순된 역설(H) 등 다양한 수사법이 존재한다.

문학, 특히 시에서는 다양한 수사법을 활용하여 어떤 사건이나 상황을 묘사할 때 낯선 관념, 상황, 언어를 사용하여 독자를 당황시키곤 한다. 이는 신선한 발상과 표현으로 익숙한 것을 '낯설게 표현'하여 익숙함에 대해 거리감을 느끼게 하는 기법이다. 이러한 기법은 작가의 개성을 표출하는 수단이 되기도 한다.

익숙한 사건과 사물, 상황을 낯설게 표현하려면 당연한 사실이나 현상에 의문을 갖는 자세가 필요하다. 우리는 일상생활에서 당연한 것에 익숙해져 있다. 밤이 되면 어둠이 깔리고, 별 혹은 달이 빛을 밝히는 것은 당연하다고 생각한다. 그리고 별은 내부의 핵에서 일어나는 핵융합으로 빛을 발하고, 달은 태양 빛을 반사 시키기에 빛난다는 식의 과학적 지식을 당연한 사실로 받아들이고 있다. 그러나 문학은 그 이유를 세세하게 밝히는 것이 아닌 다음처럼 그 이유에 의미를 부여하는 것이다.

> 하늘에서보다
> 사람들 사이에서
> 더 반짝이기 위해
> 잠 못 이룬다, 별은!
> > – 김준태,「별」

> 달나라에는
> 죽은 사람들이 살고 있습니다.
> 그래서,
> 달은 밝습니다.
> > – 김준태,「달」

문학적 글쓰기는 자기만의 언어로 주관적인 심상을 창출하는 작업이다. 따라서 정서적 효과를 드러내고 암시적·함축적·상징적인 의미를 내포하기 위해 일상어를 의도적으로 변용하거나 일반적인 대상에 색다른 의미를 부여해야 한다. 일상적인 언어는 간단해지고 익숙해지려는 경향을 지녀 그 언어 행위가 습관적으로 자동화된다면, 문학적 언어는 이를 거부하고 그 언어 행위가 습관적으로 이루어지는 것을 배격한다. 따라서 작가는 일정한 의도에 따라 주관에 의해 표현을 변형하여 사실의 영역을 뛰어넘어 새로운 의미를 창출하는 작업을 시도한다.

글쓰기 실제

제4부

문예창작의 실제

1. 운문 쓰기

1) 시(詩)

좋은 시 혹은 잘된 시를 쓰려면 먼저 그것이 어떠한 것인지를 알아야 한다. 당연한 이야기지만, 좋은 시가 무언인지 몰라서 좋은 시를 쓰지 못하는 경우도 허다하기 때문이다. 그렇다면 좋은 시 혹은 잘 쓴 시를 쓰는 방법은 무엇인가.

① 체험이 묻어나는 현장감 있는 시 = 직접 체험에 대한 강조가 필요!
② 되풀이하여 생각할수록, 언어와 사유가 두드러지는 시 = 깊은 성찰과 신중함 요구!
③ 독자에게 울림을 주는 시 = 나만의 개별성을 부각하기보단 연민(공감)을 중요하게!
④ 자신에게 감동을 주는 시 = 자신의 글에 매료되지 못하면 누구도 매료시킬 수 없다.

종종 완결성이 떨어지는 시를 보게 된다. 잘 쓴 시와 마찬가지로 완결성이 떨어지는 시 역시 그 특징을 안다면 그것을 빗겨서 시를 쓸 것이다. 당연한 이야기지만, 완결성이 떨어지는 시가 무엇인지 몰라서 그런 시를 쓰는 경우도 허다하다. 그러한 시의 특징은 다음과 같다.

① 주관적인 감상 혹은 추상적인 서술로만 이루어진 시 = 혼자만 알 수 있는 시!

② 아무런 감흥을 자아내지 못하는 시 = 시라는 것은 감성을 끌어내야 한다!

③ 일반적인 서술로만 이루어진 평면적인 시 = 시의 생명은 비유와 은유!

④ 너무나 흔하고 뻔한 내용의 시 = 시는 언어의 새로운 창조임을 명심!

⑤ 추상적이고 공허한 신변잡기 = 추상명사는 보통 명사로 구체화할 것!

⑥ 미사여구만 화려하고 여운을 남기지 못하는 시 = 필요한 언어만을 담을 것!

⑦ 몇 번을 읽어도 울림이 없는 시 = 많은 독자에게 감상을 확인할 것!

⑧ 특정 대상만 이해하는 시 = 전문가 혹은 특정 집단에 한정된 이야기는 아닌지 확인!

시 창작의 핵심은 진술과 묘사에 있다고 해도 과언이 아니다. 진술은(statement) 특정 상태나 행동을 명제로 제시하는 것이며, 묘사(description)는 사물이나 현상을 언어로 서술하는 방식을 말한다. 전자의 예를 '아침 녘, 강가에는 윤슬이 있었다.'라고 한다면, 후자는 '아침 녘, 강가에는 햇살을 받아 퍼지는 윤슬이 부드럽게 반짝이고 있었다.'라고 할 수 있다. 이러한 진술과 묘사는 한 문장 안에서 정확히 구분되는 것이 아니라 섞여 있다는 표현이 적절하다. 그런데 간과하면 안 되는 것이 진술은 설명이 아니라는 사실이다. 설명이 상황에 대해 자세히 이야기하는 행위라면, 진술은 이야기를 전개하는 행위라는 차이를 지닌다.

» **point**
- 진술의 구체적인 힘은 묘사로부터 받는다.
- 묘사적 표현으로만 시를 쓰는 것은 가능하지만, 진술만으로는 시 쓰기가 불가능하다.

- 묘사는 깔끔한 시각적 형상을 만들지만, 그것만으로는 시가 부족하고 감동을 주지 못한다. 즉 진술이 필요하다.
- 묘사는 언어를 회화적인 방향 - 그림처럼 회화적(시각적) 방향으로 가시화한다.
- 진술은 언어를 독백의 양상으로 청각적(가청화) 방향으로 노출된다. 즉 진술은 묘사의 시각적 인식과 맞닿아 있는 묘사와 달리 청각을 통한 설득(시의 깊이)과 관련된다.

» 묘사와 진술

묘사시	진술시
봄비 - 천유철 살포시 내려 해변의 조개가 촉촉이 젖어든다 작은 조개 적시며 살며시 다가선 봄 손님.	**바닷가 어촌** - 천유철 갈바람 불어 처마에 내건 생선들이 서로 부딪친다 그러나 그것을 본 사람은 아무도 없었다.

» 묘사와 진술로 시 창작하기 방법

1. 방 안에서 쓰지 말고 밖으로 나갈 것.
2. 묘사할 대상을 선택할 것.
3. 대상을 그림처럼 생생히 묘사할 것.
4. 그에 대한 감상이나 인상을 자신의 목소리로 진술할 것.

- 시는 길이가 아닌 깊이를 드러내는 것으로, 길이는 신경 쓰지 않는다.

- 진술은 개인적인 감상이나 인상도 좋지만, 누구나 공감할 수 있는 울림을 주는 것이 좋다.
- 글에 힘을 빼고, 반드시 써야 할 시어만 사용하는 것이 좋다.

시에서 묘사와 진술은 매우 중요한 축이다. 좋은 시는 이 둘의 절묘한 조화에서 탄생한다는 사실을 유념해야 한다,

2) 동시(童詩)

동시는 어른이 어린이를 위해 어린이다운 심리와 정서로 표현한 시이다. 일반적으로 어린이가 쓴 시를 포함하기도 하지만, 엄격한 의미에서는 어른이 쓴 것만을 가리킨다. 그러므로 동시는 적어도 어린이들이 이해할 수 있는 언어와 소박하고 단순한 사상·감정을 담아야 한다. 동시가 성인시와 다른 점은 바로 이러한 '어린이답다'라는 조건에 있다.

이러한 동시의 전신은 동요에서 출발한다. 기록에 따르면 동요의 첫 작품은 요(堯)임금 때 지어진 격양가이며, 요임금은 "민정을 살피기 위해 미복을 하고 나가 동요를 들었다"고 한다. 당대 동요는 민심을 반영하고 예언의 기능을 가진 것으로 생각되었으며, 우리나라 역사서에 동요라는 용어가 등장한 것은 『삼국유사』 진평 왕조의 '동요가 서울에 가득 차 궁궐에까지 들리었다'는 대목이다. 그리고 당시 불렸던 노래가 서동요였으며, 구지가는 한국 최초의 동요로 밝혀진 바 있다.

■ 최초의 동요집, 동화시, 동시집

1. 세계 최초로 동요집을 엮은 사람은 아동도서 전문 출판인이었던 영국인 존 뉴베리(John Newbery, 1713~1767)의 어미 거위의 동요 (Mother

Goose's Melody)

2. 세계 최초로 동화시를 쓴 사람은 존 뉴베리 이전인 프랑스 시인 장 드 라 퐁텐 (Jean de la Fontaine, 1621~1695)

3. 세계에서 최초로 창작 동시로 시집을 엮은 사람 영국 시인 윌리엄 블레이크(William Blake, 1757~ 1827)

■ 한국 최초의 전국 동요시(1920~30년대)

한국 최초의 전국 동요시 모음은 1928년에 엮은 『조선동요선집(朝鮮童謠選集)』이다. 그에 실린 두 작품을 살펴보자.

어머니 가슴은
잠드는 가슴
얼굴만 묻으면
잠이 오지요.

어머니 가슴은
꿈나는 가슴
머리만 대면은
꿈이 오지요.

어머니 가슴은
비단솜 가슴
고단해 누우면 포근합니다.

    - 박을송, 〈어머니 가슴〉

봉사나무
씨 하나
꽃밭에 묻고
하루 해도

다 못 가

파내 보지요

아침결에 묻은 걸

파내보지요

　　- 윤복진, 〈씨 하나 묻고〉

■ 동요시의 흐름 (1950~60년대)

　당시는 농촌 생활을 기반으로 우리의 전통을 담은 동요시가 풍성했다. 즉 시대가 시대에 맞는 작품을 낳던 시대였다. 50~60년대까지는 농촌에서 길쌈을 했고, 꼴 베고 나무하는 목동과 초동이 있었다. 그리고 당시 동요시에는 대부분 이러한 생활상을 담아내고 있다.

　　날만 새면

　　숟가락 놓으면

　　지게를 지고 산에 오른다.

　　달팽이 집처럼

　　감아 오른 산길에

　　도토리 같은 나뭇짐들이

　　돌돌돌

　　굴러내린다

　　하나 둘 셋 넷

　　시계없는 산골

　　점심때가 되었다.

　　　- 〈나무꾼〉(1959)

■ 동시의 갈래

문예창작의 실제

동시는 정형 동시와 자유 동시로 크게 갈래로 나뉜다. 먼저 정형 동시는 동요, 동화요, 동시조로 나뉜다. 여기서 동요는 음수율 동요와 무음수율 동요로 나뉘고, 음수율 동요는 다시 4.4조 동요, 3.4조 동요 7.5조 동요, 8.5조 동요로 나뉜다.

그다음 자유 동시는 일반 자유 동시와 산문 동시로 나뉘는데, 산문 동시에서 더 산문 쪽으로 발전한 것이 동화시라고 할 수 있다. 이 많은 시의 갈래를 하나로 뭉뚱그려서 이름 지은 것이 현대 아동문학의 율문 갈래인 '동시'라고 할 수 있다.

3) 시조(時調)

시조는 고려 후기에서 조선전기에 걸쳐 정제된 우리나라 고유의 정형시이다. 원래 악곡의 종류를 가리키는 말이었는데, 후대에 시형을 가리키는 말로 일반화되었다. 시조는 '시절가조'의 준말로서 이해되며 「청구영언」·「해동가요」 등에서는 '영언'이나 '가요' 등으로 불리고 있다.

시조의 기원은 한시 기원설·별곡 기원설·민요기원설·향가기원설 등 여러 가지 학설이 있다. 발생 시기는 고려말 13세기경에 고려가요의 악곡과 시형을 모태로 발생했으리라 보고 있다. 시조의 정형시형이 완성되기까지는 고려가요 이외에 여러 시가 형태가 영향을 미쳤을 가능성이 있다.

■ 시조의 범주와 갈래

시조는 사대부 계층이 만들고 주도해나간 계층적 귀속성이 강한 문학이었으나, 조선 후기에 들어 급격하게 확산하고 대중화되면서 시조를 쓰는 계층이 다양해졌다. 오늘날까지도 그 명맥이 끊기지 않고 지속하고 있다. 따라서 시조의 범주는 단일하게 규정될 수 없을 정도로 다양해졌으며, 여러 측면에서 하위 갈래로 나누어볼 수 있다.

우선 형태적 특성에 따라 단시조(평시조)와 장시조(사설시조), 단시조와 연시조로 나뉜다. 단시조와 장시조는 3장 구성의 길이나 각 구가 어떻게 형성되느냐에 따라 나뉘는데, 단시조는 3장 6구 45자 안팎의 비슷한 음수로 채워지는 4음보격의 절제된 형식을 갖춘 것이고, 장시조는 정형적 율격에서 다소 벗어나 형식적으로 풀어지면서 길어진 시조이다. 단시조와 연시조는 한 작품이 한 수로 완결되느냐, 연작들이 모여 한 편을 구성하느냐에 따라 나뉘는데, 대개 오륜가류나 본격적인 도학시조류, 어부가류 등이 연시조 형태를 띤다.

시조작가의 계층에 따라 사대부시조·기녀시조·가객시조 등으로 나누기도 한다. 이들은 각 계층의 현실적 입장과 처지가 달라 흥미로운 변별적 특징을 드러낸다.

시조는 오랜 시기에 걸쳐 있어 고시조·개화기시조·현대시조 등으로 나누기도 한다. 이 밖에도 음악상으로 악곡 종류에 따라 가곡창과 시조창, 시조창 내에도 창조에 따라 평시조·중어리시조·지름시조·사설시조 등으로 나누고, 창법에 따라서는 경제·완제·영제·내포제 등으로 나뉘기도 한다.

■ 시조의 형식

시조는 자유시와 달리 평시조의 경우, 3장 6구 45자 내외의 형식이 정해진 정형시에 속한다. 이 말은 형식에 맞추어 쓰지 않으면 시조로 인정받을 수 없다는 말이다. 무엇보다 주제적 측면을 고려할 때, 시조 창작에 앞서 시조의 문학사적 의의 및 역사에 대한 이해가 전제되어야 학습자의 원활한 창작이 가능하다.

시조는 통상 4음보 율격으로 구성되는 3장으로 된 짧막한 단형시형으로 종장에서 독특한 율격적 변화를 거쳐 한 편의 시로서 완결된다. 그리고 단시조는 3장 6구 4음보격 45자 내외라는 일단의 형식을 지닌다. 3장은 초장과 중장, 종장의 세 줄로 작품이 이루어져야 한다는 뜻이고, '6구'는 각 장은 의미상 두 부분으로 나뉜다는 것이다.

'4음보격'은 각 장이 4개의 음보로 이루어져 율격을 자아내도록 구성해야 함을 의미한다. 또 '45자 내외'라는 말은 시조에 쓰이는 음절 수가 초장은 3·4·3·4 중장은 3·4·3·4 종장은 3·5~8·4·3으로 제한하되, 여기에 ±1자 허용하면 대체로 45자 내외가 됨을 말한다. 여기서 중요한 것은 종장의 첫째 구만은 3음절을 반드시 지켜야 한다는 것과 두 번째 구에서는 5자에서 최대 8자까지로 정한다는 것이다. 따라서 시조를 지으려면 이런 조건을 충족시켜야 하며, 이는 어렵다면 어렵고 쉽다면 쉽다고 할 수도 있다.

초장에서 시작된 시상이 중장으로 이어져 흘러가면서 심화하다가 종장에 접어들며 전환 국면을 맞은 후에 종결로 향해야 하는 시조의 미학을 잘 따라 시조를 짓는 일은 더욱더 어렵다.

하지만 단지 한 행을 4개의 음보로 하여 전체 3행으로 구성하는 형식적인 측면만을 지키기는 너무 쉽다. 이 말은 시조가 정해진 율격과 음수율을 지키며 진행되는 문학 장르임을 보여준다.

시조의 3장을 기승전결의 구성에 따르면, 초장은 기(起), 중장은 전(承), 종장의 전구는 전(轉), 종장의 후구는 결(結)로 설명할 수 있다. 다음은 같은 주제, 같은 내용을 시와 시조로 표현한 것으로, 시와 시조의 차이를 극명하게 보여준다.

시	시조
처용무(處容舞) - 천유철	처용무(處容舞) - 천유철
달도 강물도 보이지 않는다 희미하게 보이는 건	달이며 강물조차 흔적 없는 깊은 밤은 칠흑 같은 어둠 속에 그 혼백도 처절하다 여인의 허리를 닮은 가냘픈 옷매무새.

강 건너
여인의 허리 같은 산맥뿐

문틈에서
들려오는 가냘픈 소리

정적을 깬다
어둠을 밝힌다
나를 부순다

보이지 않는 세상의
풀벌레 울음소리
밤새 들린다.

나는 그 소리에 맞춰
춤을 출거나, 춤을 출거나.

그림처럼 보이나니 화려한 저 수무족도
풀벌레 울음마저 가만가만 다스리며
한 세월 시름을 푸는 신이 들린 몸짓이다.

살며시 눈을 감아 저 아내를 훔쳐보며
외로운 웃음마저 차마 못 이루나니
처용랑 올곧은 뜻을 아내 어찌 알겠는가.

어차피 이 세상은 한판의 굿이로다
감기고 틀어져서 살아갈 삶이지만
서라벌 밝은 달만이 이 곡절을 알리라.

위의 작품을 통해 볼 수 있듯이, 시는 파격(破格)과 전복(顚覆)을 꾀하고, 시조는 정격의 정서와 형식을 담아낸다. 두 장르의 표현 차이에 따라 그것이 독자에게 미치는 영향과 감흥 역시 다를 수밖에 없다.

■ 고시조와 현대시조

대체로 고려 말부터 조선 시대까지 쓰인 시조를 '고시조', 해방 이후에 쓰인 시조를 '현대시조'로 일컫는다. 고시조는 시기별로 주제나 표현의 차이가 발행하며, 조금씩 형식적 변화를 거쳐 지금의 시조 형태에 이르렀다. 다음의 표는 고시조와 현대시조를 비교한 것이다.

	고시조	현대시조
내용	·고려말–조선전기: 귀족적, 회유적, 한탄적. ·조선 중기: 풍류적, 유교적. ·조선 후기 : 해학적, 일상적(사설).	·탐미적, 지성적 내용이 많다. ·개성적, 암시적인 주제가 많다. ·내적 감정과 심리 묘사가 드러난다.

문예창작의 실제

형식	·제목이 없고, 고사의 인용이 많다. ·대체로 3행 시조 (윤선도 제외) ·평시조가 많고 음악성이 중시된다. ·음수율 고정되고 상투어가 많다.	·제목이 있고 시적인 기교가 발달했다. ·배행시조를 통해 자유시와 비슷한 시행. ·개성적인 시어와 이미지를 중시한다. ·연시조 형식이 많다.
향유층 · 주제	·조선 초기: 사대부층. -고려말과 조선초라는 상황을 담은 작품. ·조선 중기: 사대부층과 기녀. -향유층에 따라 주제가 다르다. -'님'의 대상이 다름. ·조선 후기 : 전 계층이 시조 창작.	전국민
표현	·조선 초중기: 사대부 계층 -연군지정, 자연, 유교 이념, 신변잡기류. 상투적인 한자 사용(음수율 고려). ·조선 중기: 기녀. -임에 대한 그리움(황진이, 한우 제외). 주로 순우리말 사용, 임은 그리움의 대상. 호를 사용. ·조선 후기: 전 계층. -초장과 중장이 길어져 산문적. 사설시조의 발달. -양반에 대한 조롱, 일상적, 중기의 주제는 담지 않음. 우화적, 현실비판적. -음성상징어를 통한 해학성 표출 -대체로 순우리말 사용. -열거와 반복으로 내용 강조. -작자가 대부분 미상.	자유로운 표현 형식

당대는 유교 이념으로 고시조의 주제는 대체로 명료하게 제시되는 한편 현대시조에서는 다양한 주제를 활용하며, 형식 면에서도 고시조보다 현대

시조는 확장된 시야에서 자유로운 느낌을 주곤 한다. 이는 계급 사회가 붕괴하고, 향유층이 확대된 환경적 요인에서 기인한 것으로 볼 수 있다. 또한, 조선 초 중기까지 시조가 양반 중심의 문학이었다면, 후기에 등장한 사설시조는 전 계층이 동참하여 자유롭게 글을 쓰는 국민의 문학으로 자리를 잡아갔다.

■ 문학사적 의의

시조는 우리나라 고유의 정형시로, 한문 문화가 모든 문화의 중심에 자리 잡던 시기에 우리말로 노래하여 민족의 주체성을 살렸다는 평가를 받는다. 또한 고려 시대에 형성되어 현대시조로 전승된 전통적 문학이자 양반과 평민 모두가 지었던 국민문학의 성격을 지니며, 당대 계층의 세계관 및 문학성을 제시했다고 평가할 수 있다.

4) 가사(歌辭)

가사는 고려말에서 조선 초기에 발생한 시가와 산문 중간 형태의 문학이다. 형식은 주로 4음보의 율문으로 3·4조 또는 4·4조를 기조로 하며, 행수(行數)에는 제한이 없는 것이 특징이다. 당시 향유층은 사대부, 승려, 부녀자, 평민 기타 각종 민간 종교계 인사 등으로 다양했으며, 그 발생에 대해서는 다양한 의견이 있다.

조선 초·중기에는 사대부들의 지적 취미와 강호 한정, 충신 효제, 우국 애민을 표현하고, 규방 부녀자들의 신세 한탄, 자녀교육, 시집살이 애환 표현하는 내용이 주를 이루었다. 그리고 조선 후기에는 서민층에 의해 신분제 차별의 부당함, 인간적 권리 옹호를 대변하며, 동학교도, 기독교 신자들에겐 포교 수단으로, 항일 저항 시인들은 애국과 항일의 도구로 활용되었다.

■ 가사의 발생

- 1기 형성기 : 고려말부터 조선 성종까지로 가사 문학의 발생 시기.
  - 〈한림별곡〉, 〈청산별곡〉, 〈용비어천가〉, 〈월인천강지곡〉, 〈상춘곡〉
- 2기 발흥기: 성종 이후 임진왜란 이전까지의 시기.
  - 기행가사, 유배가사, 교훈 가사 등장.
  - 송순의 〈면앙정가〉, 정철의 〈관동별곡〉, 허초희의 〈규원가〉
  - 사대부들이 가사의 주 향유층, 송순, 정철, 허초희와 같은 훌륭한 작가군 배출.
- 3기 발전기: 임진왜란으로부터 숙종조 시기.
  - 전기를 계승한 강호 · 기행 · 유배가사.
  - 박인로의 〈노계가〉, 〈선상탄〉, 조우인의 〈출새곡〉.
  - 4.4조 파괴, 서두에 산문적인 사설 삽입. 개인이 창작한 작품의 수가 증가.
- 4기 변화기: 숙종 이후 동학운동까지의 시기.
  - 가사의 보편화로 전기의 주제나 소재 계승 + 새로운 시도.
  - 안조원〈만언사〉, 김인겸〈일동장유가〉
  - 농가월령가와 같은 실용가사(실학 정신) 등장.
  - 남녀간의 사랑을 주제로 한 〈상사별곡〉
  - 사실의 정확한 기록을 위해 장형화.
- 5기 쇠퇴기: 동학가사가 창작된 때부터 한말 시기.
  - 강호가사 · 기행가사 · 내방가사, 교훈가사 등이 상당수 창작.
  - 이태식의 〈일본 유람가〉, 유영무〈오륜가〉
  - 1910년대 이후부터는 퇴조의 현상(개화가사, 독립투쟁가사 등의 출현)

■ 시기별 가사

〈2, 3기 가사〉

강호에 병이 깁퍼 죽림에 누엇더니
관동 팔백 리에 방면을 맛디시니
어와 성은이야 가디록 망극하다
연추문 드리다라 경회 남문 바라보며
하직하고 물러나니 옥절이 아픠셧다.

     - 정철, 〈관동별곡〉 부분.

북방(北方) 이십여 주예 경성(鏡城)이 문호(門戶) ㅣ 러니
치병(治兵) 목민(牧民)을 날을 맛겨 보내시니
망극(罔極)한 성은(聖恩)을 갑플 일이 어려웨라
서생(書生) 사업(事業)은 한묵(翰墨)인가 너기더니
백수(白首) 임변(臨邊)이 진실노 의외(意外)로다
인정전(仁政殿) 배사(拜辭)하고 칼흘 집고 도라셔니
만 리(萬里) 관하(關河)의 일신(一身)을 다 다 닛쾌라

     - 정극인, 〈출새곡〉 부분.

〈3기 가사〉

늘고 병(病)든 몸을 주사(舟師)로 보내실새
을사(乙巳) 삼하(三夏)애 진동영(鎭東營)나려오니
관방중지(關防重地)예 병(病)이 깁다 안자실랴
일장검(一長劍) 비기 차고 병선(兵船)에 구테 올나,
여기진목(勵氣瞋目)하야 대마도(對馬島)을 구어보니
바람 조친 황운(黃雲)은 원근(遠近)에 사혀 잇고,
아득한 창파(滄波)난 긴 하날과 한빗칠쇠.
선상(船上)에 배회(徘徊)하며 고금(古今)을 사억(思憶)하고
어리미친 회포(懷抱)애 헌원씨(軒轅氏)를 애다노라.
대양(大洋)이 망망(茫茫)하야 천지(天地)예둘려시니,

문예창작의 실제

진실로 배 아니면 풍파 만리(風波萬里) 밧긔 어내어내 사이(四夷)엿볼는고

- 박인로, 〈선상탄(船上嘆)〉 부분.

〈4기 가사〉

어디로 가잔 말고 뉘 집으로 가잔 말고
눈물이 가리우니 걸음마다 엎더진다
이 집에 가 의지하자 가난하다 핑계하고
저 집에 가 주인하자 연고 있다 칭탈하네
이 집 저 집 아모 덴들 적객 주인뉘 좋달고
관력으로 핍박하고 세부득이 맡았으니
관채라려 못한 말을 만만할손 내가 듣네
세간 그릇 흩던지며 역정 내어 하는 말이
저 나그네 헤어 보소 주인 아니 불상한가
이집 저집 잘사는 집 한두 집이 아니어든
관인들은 인정받고 손님네는 혹언 들어
구타여 내 집으로 연분 있어 와 계신가
내 살이 담박한 줄 보시다야 아니 알가
앞뒤에 전답 없고 물속으로 생애하여
앞 언덕에 고기 낚아 웃녘에 장사 가니
삼망 얻어 보리 섬이 믿을 것이 아니로세
신겸처자 세 식구의 호구하기 어렵거든
양식 없는 나그네는 무엇 먹고 살려는고
집이라고 서 볼손가 기어 들고 기어나며
방 한간에 주인 들고 나그네는 잘데 없네
뛰자리 한 잎 주어 담하에 거처하니
냉지에 누습하고 즘생도 하도 할사
발 남은 구렁배암 뼘 넘운 청진의라
좌우로 둘렀으니 무섭고도 증그럽다.

- 안조원, 〈만언사〉 부분.

■ 가사의 특징

① 가사는 4음 4보격(무한연속체)의 특징을 가지고 있다.

② 노래하기 성향과 말하기의 성향과도 밀접한 관련이 있다.

③ 가사는 음악의 노랫말이자 완독(玩讀)하는 독서 대상물이었다.

④ 시조와 친연성이 있는 갈래이자 상호 보완적인 갈래(정격가사)

⑤ 정격가사보다는 변격 가사가 많이 창작되었다.

⑥ 화행 구성은 자유롭게 허용되어 정감 조성과 설득, 감화에 기여한다.

⑦ 시행은 안짝(음보+음보)과 바깥 짝(음보+음보)의 구조를 지닌다.

가사는 작자가 의도하는 메시지를 4음 4보격의 운율을 가진 연속체를 통해 전해야 한다. 여기서 4음의 '음'은 글자 수(정확히는 음의 양)를 말하며, 4보격('음보'는 음들이 모여서 이룬 마디)은 걸음걸이(자연스러운 음영(吟詠)의 끊어 읽히는 음의 양)로 이해할 수 있다. 예컨대, 정철의 관동별곡에서는 '강호에 병이 깊어 죽림에 누웠더니 / 관동 팔백 리 방임을 맡기시니'라는 구절을 통해 살펴보면 〈① 강호에 / ② 병이 깊어 / ③ 죽림에/ ④ 누웠더니〉에서 ①, ②, ③, ④와 같은 네 마디 걸음걸이를 4음보(보격)라고 한다. 이는 즉 가사가 한 행(줄)이 4보격으로 이루어져야 한다는 원칙을 말해준다. 그런데 ①의 '강호에'는 3음 ②의 '병이 깊어'는 4음 ③의 '죽림에'는 3음 ④의 '누웠더니'는 4음으로 되어 있다. 겉모양으로는 ①의 '강호에'가 3음으로 보이지만, 그것을 읽을 때(낭송, 읊조림, 음영)는 그 '읽히는 음양'이 4음량이 된다.

다시 말해 '강호에+α' 곧 α가 더 있는 것처럼 읽힌다는 말이다. 이는 우리 시문학이 음의 수로 읽히는 것이 아닌, 음의 양으로 읽힌다는 특징을 보여준다. 또한 음보를 이루는 음절 역시 우리 시가는 장음, 정음, 촉음(사잇소리) 원리가 적용되어 각 음보는 기계적으로 4음을 고집하지 않고 2음절, 3음절, 5음절 등 다양한 음절로 아름다운 율동미를 획득할 필요가 있다.

문예창작의 실제

이 부분에 대한 보충 설명을 하기 위해 김소월의 〈진달래꽃〉을 살펴보자.

① 나보기가역겨워 ② 가실때에는 ③ 말없이고이 ④ 보내드리우리다

☞ (7음) / (5음)= 7·5조

☞ 이를 읽을 때는 ①의 '나보기가역겨워'는 '나보기가'와 '역겨워'로, ②의
'가실때에는'은 '가실'과 '때에는'으로 나뉘어 읽힌다.

나보기가 / 역겨워 / 가실 / 때에는

☞ 한 행이 네 마디 걸음걸이(4음보)

말없이 / 고이 /보내 / 드리우리다

☞ 음의 수는 다르지만, 읽힘을 3, 4마디씩 구성된다.

☞ '가실'은 '가시이일', '고이'는 '고오오이'로 장음화되어 읽힌다.

☞ 드리우리다는 5음보지만, 읽을 때는 4음량으로 빨리 읽힘 – 단음화

그다음 주의해야 할 부분은 마지막 행의 규칙이다. 시조와 마찬가지로 3·5·4·3의 음수로 마무리를 하는 원칙은 (정격)가사에서 두루 지켜온 것이다. 그러나 현재는 장려하는 정도에 머물고 있으며, 이에 대한 논의가 진행되지 않는다는 문제점이 있다. 시조는 초장과 중장의 내용을 종장에서 전환하여 극적 마무리를 요구하지만, 가사에서도 그것이 유용할 것인지에 대해서는 논의가 필요한 실정이다.

그다음 길이의 장형화를 염두에 둘 필요가 있다. 가사는 시와 작법이 같다. 그러나 시와 달리 장형화로 창작 자체가 쉽지 않다. 장형화는 짧은 분량의 현대시나 시조보다 자유로운 서술 가능하고, 줄거리 있는 서사 구성을 전제로, 하고자 하는 말을 다 할 수 있다. 더불어 현대의 가사는 분연체 및 배행도 가능하여 자유로운 표현이 가능하다는 장점도 있다.

반면에 긴 내용 안에 시가 갖는 다양한 욕구를 충족한 시를 지어야 한

다는 점, 오늘날과 같이 복잡한 시대를 살아가는 사람들에게 유용할 수도, 또 즉각적 글쓰기가 익숙해져서 긴 글을 쓰기 어려울 수도 있다는 단점을 지닌다.

■ 가사의 표현

가사 역시 현대시처럼 다양한 수사법을 활용할 수 있다. 즉 비유, 의태, 의인, 도치, 반복, 과장, 열거, 대구, 대조, 연쇄, 설의 등은 물론 화자의 전환, 역순행적 구성, 시점의 전환 등의 현대시 작법도 활용 가능한 장르다. 여기서 염두에 둘 부분은 전통가사에서 역설과 반어는 사용되지 않았다는 점이다. 이는 아직 그 수사법이 정착되지 않은 것에서 이유를 찾을 수 있다.

일반적으로 사대부의 유배 문학은 유배지에서 겪는 고뇌와 고통을 토로했으며, 시조와 마찬가지로 안빈낙도, 안분지족의 내용을 그려냈다. 충신연주나 우국의 심정을 나타내는 형태로 정형화되었고, 때로는 두고 온 가족에 대한 그리움을 나타내기도 했다.

그러나 「만언사」와 「북찬가」와 같은 작품에서는 임금에 대한 연군지정의 마음이 드러나지 않는다. 오히려 지인, 가족, 애인을 그리워하거나 실질적인 고통을 토로하고, 유배지에서 만난 사람의 말을 담아내고 있다. 이는 신분의 격차, 유배지의 환경, 복직의 가능성 등 다양한 의견이 있으며, 매우 독특한 지점으로 다양한 해석이 가능하다.

■ 가사 예시

인간 세상 / 사람들아 / 이내 말씀 / 들어보소
인간 만물 / 생긴 후에 / 금수 초목 / 짝이 있다
인간에 / 생긴 남자 / 부귀 자손 / 같건마는

문예창작의 실제

이내 팔자 / 험궂을손 / 날 같은 이 / 또 있든가
백 년을 / 다 살아야 / 삼만 육천 / 날이로다
혼자 살면 / 천년 살며 / 정녀 되면 / 만년 살까
답답한 / 우리 부모 / 가난한 / 좀 양반이
양반인 체 / 도를 차려 / 저사가 / 불빈(不敏)하여
괴망을 / 일삼으며 / 다만 한 딸 / 늙어 간다
적막한 / 빈방 안에 / 적료하게 / 홀로 앉아
전전반측 / 잠 못 이뤄 / 혼자 사설 / 드러 보소
노망한 / 우리 부모 / 날 길러 / 무엇하리
죽도록 / 날 길러서 / 잡아 쓸가 / 구워 쓸가
인황씨 적 / 생긴 남녀 / 복희씨 적 / 지은 가취
인간 배필 / 혼취함은 / 예로부터 / 있건마는
어떤 처녀 / 팔자 좋아 / 이십 전에 / 시집 간다
남녀 자손 / 시집 장가 / 떳떳한 / 일이건만
이내 팔자 / 기험하야 / 사십까지 / 처녀로다
이럴 줄을 / 알았으면 / 처음 아니 / 나올 것을
월명 사창 / 긴긴 밤에 / 침불안석 / 잠 못 들어
적막한 / 빈방 안에 / 오락가락 / 다니면서
장래사 / 생각하니 / 더욱 답답 / 민망하다
부친 하나 / 반편이요 / 모친 하나 / 숙맥불변
날이 새면 / 내일이오 / 세가 쇠면 / 내년이라
혼인 사설 / 전폐하고 / 가난 사설 / 뿐이로다
어디서 / 손님 오면 / 행여나 / 중매신가
아이 불러 / 힐문한즉 / 풍헌 약정 / 환자 재촉
어디서 / 편지 왔네 / 행여나 / 청혼선가
아희 더러 / 물어보니 / 외삼촌의 / 부음이라
애고애고 / 설운지고 / 이내 간장 / 어이할꼬
앞집에 / 아모 아기 / 벌써 자손 / 보단 말가

동편 집 / 용골녀는 / 금명 간에 / 시집가네
그동안에 / 무정세월 / 시집가서 / 풀련마는
친구 없고 / 혈족 없어 / 위로할 이 / 전혀 없고
우리 부모 / 무정하여 / 내 생각 / 전혀 없다
부귀빈천 / 생각 말고 / 인물 풍채 / 마땅커든
처녀 사십 / 나이 적소 / 혼인 거동 / 차려 주오
김동이도 / 상처하고 / 이동이도 / 가처로다
중매 할미 / 전혀 없네 / 날 찾을 이 / 어이 없노
(이하 생략)

2. 산문 쓰기

1) 단편 소설(短篇小說)

19세기, 낭만주의와 사실주의가 단편 소설의 출현을 촉진했다. 낭만주의는 비현실적인 것과 비정상적인 사건에 관한 관심을 자극했고, 작가의 경험을 장편이 아니라도 단편으로 나타낼 수 있게 한 것이다. 특히 E. A. 포의 작품 『괴기 단편집』이 이 부류에 드는 것으로 미국뿐만 아니라 유럽 여러 나라에 큰 영향을 끼쳤다. 사실주의 소설도 그 시대의 여러 부분을 사실적으로 보고하는 연구적인 역할을 열망했는데, 그에 짧은 단편 글이 적합했던 것이다.

한국에서 단편 소설은 일찍이 박지원의 한문 소설에서 맥을 찾을 수 있지만, 본격적으로 쓰인 것은 1910년대부터이다. 이인직·안국선·이광수·현상윤 등에 의해 근대적 단편 소설 형태가 마련된 뒤, 김동인·염상섭·전영택·나도향·현진건 등이 그 뒤를 이었다.

처음에는 현실과 거리가 먼 삶을 감상적으로 그렸으나 차츰 일제강점기

의 무력한 지식인의 내면의식과 계몽·교훈을 주제로 한 작품이 발표됐다. 이들은 서로 차이는 있지만, 주로 극적·서정적 단편 소설을 썼고 이는 후에 리얼리즘 계열의 단편 소설로 바뀌게 된다. 1970년대에서는 단편 소설과 장편소설의 차이를 넘어서려는 시도로 이문구·윤흥길 등에 의해 연작 단편 소설이 쓰였다.

■ 소설의 구성

소설은 인물, 사건, 배경이라는 세 요소로 구성된다. 소설 속 인물은 작중인물이라 칭하며, 작품 속에서 사건을 주도하는 인물은 주인공, 그 외 부수적인 인물을 주변 인물이라 한다. 작중인물은 소설의 구성 요소 중에서 그 작품의 미적 완결성을 판단하는 중요한 기준이 된다. 작가는 인물의 성격을 창조하면서 직접 표면에 나서서 해당 인물의 성격을 이야기하거나 일정한 사건이나 행위를 통해 간접적으로 인물의 성격을 암시하는 방법을 쓴다.

전자는 '말하기'(telling) 또는 직접적 성격묘사에 해당하고, 후자는 '보여주기'(showing) 또는 간접적 성격묘사에 해당한다. 전자는 서술자가 인물의 특성을 직접 설명하는 방법으로 서술 시간은 절약되지만, 구체성 확보가 힘들고, 후자는 인물의 성격을 인물들의 언어와 행동을 통해 독자에게 전달하는 방식으로 생생한 묘사가 가능하고 독자의 상상력을 자극하지만, 표현상의 제약이 존재한다.

대체로 작가는 주인공과 그 외 인물을 그려낼 때 각각 다른 방법을 취한다. 주인공은 복합적·입체적인 인물로 그려내며, 그 외 인물은 주인공을 두드러지게 하는 보조장치로써 활용하며 평면적으로 그려진다. 또한 소설가는 인물을 창조할 때, 이식(移植)과 순화(馴化)의 2가지 원칙을 염두에 둔다. 즉 작중인물의 모델은 현실 세계에서 취해오지만, 그 모델을 작품의 분위기에 알맞게 이식해야 하고, 그 작중인물은 작가 요구, 플롯, 주제, 다른 등장인물이나 작품 전체의 분위기 등에 들어맞게끔 만들곤 한다.

소설 속 사건은 인물들 간에 구체적으로 전개되는 이야기다. 주로 인물들이 일으키는 갈등을 중심으로 이루어진다. 이때, 갈등의 양상은 개인의 내면에서 발생하는 내적 갈등과 외적 갈등으로 구분된다. 내적 갈등이 서로 다른 욕구나 이념, 사상의 충돌로 인한 심리적 모순을 말한다면, 외적 갈등은 인물과 인물, 인물과 환경 사이에 생기는 대립을 말한다. 덧붙여 외적 갈등은 개인과 개인의 갈등, 개인과 사회, 개인과 운명, 개인과 자연, 사회와 사회에 이르기까지 그 범위는 한정할 수 없다.

배경은 인물의 행동과 사건이 일어나는 밑바탕이 된다. 이는 크게 자연적 배경과 사회적 배경으로 구분된다. 자연적 배경은 이야기의 기본적인 요소로, 다시 시간적 배경과 공간적 배경으로 나뉜다. 시간적 배경은 인물의 행위와 사건이 일어나는 시간과 계절 등을 가리키며, 공간적 배경은 인물의 행위와 사건이 일어나는 장소를 가리킨다. 또 사회적 배경은 인물의 행위와 사건이 일어나는 역사적 상황, 시대의 생활 양식과 인습 등을 가리킨다. 이외에도 소설의 배경에는 인물이 지닌 종교적 배경이나 정서적 배경 등이 있다. 이 중에서 무엇보다 중요성이 있는 배경의 종류는 시간적 배경과 공간적 배경이다.

소설에서 배경은 작중인물과 행동에 대한 신뢰감을 높여준다. 배경 요소에는 ① 소설의 행위와 사건이 일어나는 실재 장소 ② 행위와 사건이 일어나는 시간 ③ 인물들의 생활 양식과 인습 ④ 등장인물들의 종교적·사회적·정서적 환경 등이 있다. 여기서 중요성이 있는 것은 장소와 시간이다. 소설을 읽는 독자는 화면으로 보여주는 영화와는 달리 설명과 묘사로 그 작품의 배경을 상상력으로 구체화할 수밖에 없다.

이 밖에도 배경은 자연적 배경과 사회적 배경, 심리적 배경, 상황적 배경으로 나눌 수 있으며, 이는 인물의 행동이나 사건을 전달하거나 사전 전개의 암시로 활용된다.

■ 플롯(plot)

플롯은 '구성' 또는 '구조'라고 번역하기도 하지만, 그 자체가 일반화되어 그대로 사용하기도 한다. 소설의 플롯은 크게 두 가지로 논의된 바 있다. 첫째는 일정한 예술적 효과를 낳는 데 필요한 서술상의 기술로 보려는 형태론적 플롯론, 둘째는 인물·사건·사상 등 소설의 여러 요소를 보다 효과적으로 정리하고 종합하는 본질적인 힘으로 보려는 주제론적 플롯론이다. 이는 기교나 주제 어느 쪽에 중심을 두었느냐에 따라 달라진다.

대다수 소설가와 이론가들은 소설에 플롯이 꼭 필요한 것임을 인정하며, 소설가들은 플롯을 미리 머릿속에 생각해두었다가 그에 따라 작중 사건들을 엮어나간다. 플롯을 구성할 때는 소설 내용의 인과관계가 분명해지는 필연성 혹은 개연성, 모든 행동은 주제에 집약된다는 통일성, 이야기는 전체적으로 모순되는 점이 없어야 한다는 일관성을 요구한다. 그것은 희극형(불행에서 행복), 비극형(행복에서 불행), 로맨스형(잃어버린 꿈을 찾아 일상의 삶을 벗어나려고 몸부림), 아이러니형(행복과 만족을 찾아 몸부림 칠수록 불행)의 유형을 막론한다.

■ 시점

소설에서 시점은 작가가 이야기를 서술하는 방식이나 관점을 말한다. 이는 작품의 전체 구성과 효과에 큰 영향을 미친다. 시점의 문제는 오래전부터 소설가들에게 큰 관심사로 존재해왔고, 이미 기원전 아리스토텔레스가 화자가 이야기를 들려주는 경우와 그냥 보여주는 경우를 구별한 바 있다. 오늘날의 개념으로 말하면 전자는 화자가 속과 겉, 부재한 것과 존재하는 것 모두를 알고 있는 상태에서 '설명하기'이고, 후자는 화자가 자신의 모습을 숨긴 채 허구라는 사실을 느끼지 못하게 하는 '보여주기'이다. 이후 시점은 여러 사람에 의해 제시·체계화되었는데, 오늘날 가장 널리 알려진 것은 브룩스와 워렌이 제시한 1인칭 주인공 시점, 1인칭 관찰자 시점, 3인칭 관찰자 시점, 전지적 작가 시점의 4가지 분류 방법이다.

① 1인칭 시점 : 소설 속의 '나'가 말하는 방식.
 - 1인칭 주인공 시점 : '나'가 주인공으로서 '나' 자신의 이야기를 하는 방식. 이는 주인공의 미묘한 심리 변화를 드러낸다는 특징이 있다.
 - 1인칭 관찰자 시점 : '나'가 관찰자의 위치에서 소설 속 다른 인물의 행위나 사건 등을 관찰하여 말하는 방식. 이는 주인공의 심리 변화를 간접적으로 드러내는 특징이 있다.
② 3인칭 시점 : 소설 밖의 서술자가 인물의 성격이나 행위, 사건 등을 말하는 방식.
 - 3인칭 관찰자 시점 : 서술자가 객관적 위치에서 대상을 보이는 대로 관찰해 서술하는 방식. 이는 객관적인 입장에서 사건을 관찰하고 독자에게 전달한다는 특징이 있다.
 - 전지적 작가 시점 : 작가가 전지전능한 신의 위치에서 눈으로 확인할 수 없는 것까지를 모두 서술하는 방식. 이는 서술자가 사건 전개 과정에서 일어나는 모든 일과 인물의 행위에 관한 정보를 파악하고 있다는 특징이 있다.

■ 구성

소설의 구성은 전개되는 이야기 수에 따르기도 하고 사건의 진행 방식에 따르거나 통합성의 정도에 따라 분류된다.

① 전개되는 이야기 수에 따른 분류

문예창작의 실제

- 단일구성: 작중에 하나의 이야기.
- 복합구성: 두 가지 이상의 여러 이야기가 복잡하게 교차하며 진행.
② 사건의 진행 방식에 따른 분류
- 평면적 구성: 사건이 시간의 흐름에 따라 전개되는 유형으로 일대 기적 구성을 지닌 유형.
- 입체적 구성: 사건의 순서를 바꾸어 진행하는 방식, 역순행적 구성을 지닌 유형.
③ 통합성의 정도에 따른 분류
- 극적 구성: 작중의 여러 가지 사건 등이 하나의 이야기로 통합되는 구성.
- 삽화적 구성: 불필요하거나 부수적인 사건이 큰 긴밀성이 없는 상태에서 섞인 구성.
④ 액자식 구성: 이야기 속에 또 다른 이야기를 삽입하여 전개하는 구성.

일반적으로 상술한 구성 방식을 정한 후에 '발단-전개-위기(전환)-절정-결말'의 형태로 구분해 소설을 창작한다. 여기서 발단은 인물 소개, 배경 묘사, 사건의 실마리를 제시하며, 전개에서는 사건의 진행과 갈등의 표출이 일어난다. 위기에서는 갈등의 고조와 사건의 전환 등의 위기감이 조성되며, 절정은 갈등의 최고조이자 해결의 전환점이 되곤 한다. 결말에 이르러서는 갈등이 해소되며 주인공의 운명이 결정되는 것이 일반적이다.

2) 수필(隨筆)

수필은 자신의 경험이나 느낌을 일정 형식에 얽매임 없이 자유롭게 기술한 산문 형식의 글이다. 한마디로 그 뜻대로 '붓 따라서, 붓 가는 대로 써 놓은 글'이다. 이러한 수필은 문학 갈래 중에서도 독특한 성질을 지닌다. 시·소설·희곡처럼 창작문학에 가깝지만, 형상화에 의한 순수 창조문학이 아니고, 비평적이며 이해와 성찰에 의해 평가에 이르는 순수 비평도 아니다. 그러면서 자연과 인생을 관조하여 그 형상과 존재의 의미를 밝히고, 날카로운 지성으로 새로운 양상과 지향성을 제시하기도 한다. 또 서정과 서사에 의한 정서적 감동이나 허구적 흥미를 주며 다른 문학 양식과의 상호 견인 작용을 포용하여 그 영역은 광범위하게 확대되기도 한다.

수필은 무한한 제재와 특성에 따라 여러 유형으로 나뉜다. 그러나 일반적으로 '경수필'과 '중수필'로 구분하는 것이 통례이다. 경수필은 신변·사색·서간·기행수필 등을 말하며, 주관적·개인적·사색적인 경향을 띠어 '개인적 수필'이라고 한다. 이는 비교적 가벼운 형식으로 개성이 강하게 노출되고, 신변적인 것을 정서적·시적으로 표현하는 주관적·사색적 유형이다. 또 '나'가 겉으로 드러나고, 개인적 감정이 정서로 짜여 시적이며 신변적이다. 이는 자칫 신변잡기나 지나친 자기 노출에 기울어질 염려가 있다. 따라서 경수필은 지성에 바탕을 두고 신비적·정서적인 이미지로 감싸질 때, 철학성과 예술성을 아울러 갖춘 수필 문학이 될 것이다.

반면에 중수필은 과학·철학·종교 등 사회적인 관심과 객관적 경향을 보여 '사회적 수필'이라고도 한다. 이는 철학적 사고나 과학적인 사실, 사회나 문화에 대한 비평을 사색적으로 서술하고 단언적으로 표현하는 것으로, 주로 학자·사상가·교육자 등에 의해 쓰인다. 중수필은 문장의 흐름이 무거운 느낌을 주고, 사회적이며 '나'가 겉으로 드러나 있지 않다. 또 보편적인 논리와 이성으로 짜여 소논문과 흡사하며 지적·사색적이다.

그러나 사회적 수필은 정서가 메마른 지식의 나열이나 설득과 경구의 과다로 흐르기 쉽다. 따라서 수필의 두 유형이 서로 견인, 조화하여 개인적·정서적 이미지와 객관적·지성적 논리를 함께 함으로써 '지성에 바탕을 둔 신비적·정서적 이미지에 의한 문학'이 되어야 할 것이다.

수필을 바라보는 관점은 저마다 다르다. 그러나 근본적으로 수필은 삶이 관조 되어 정서적으로 친밀감을 주는 자기 치유의 문학이자 문학의 가치와 아름다움의 향유를 실현하는 장점이 있다. 또한 시, 소설, 희곡보다 형식이 까다롭지 않아서 사람들이 창작에 부담이 적다. 여기에 비교적 짧은 분량으로 담아낸 작가의 체험 위주의 솔직한 이야기라는 점에서 독자들은 큰 어려움 없이 내용을 이해·공감할 수 있다는 장점도 있다. 요컨대, 우리는 '문학 지식'에 관한 배움을 받기 이전부터 일기나 편지, 기행문 등을 어려움 없이 써 왔으며 그로 인해 수필에 대한 두려움도 덜한 것이다.

그러나 수필은 주요 장르로서 문학적인 위상을 확고하게 세우지 못하고 있다. 시와 소설을 중심으로 정립되고 발전한 문학 이론보다 수필은 장르에 대한 많은 논란을 제기하며 연구되지만, 아직도 논쟁의 범주 안에 머문다는 한계를 지닌다.

■ 수필 창작의 원리

① 발견의 원리: 발견이 단순한 의미를 알아내거나 남들이 알고 있는 사실을 알아낸 것이 아닌 자기만의 참신한 발견이어야 한다.
② 상관화의 원리: 일상적 소재도 유사한 다른 사물과 상관화 시키는 작업을 통해 수필이 탄생하여야 한다.
③ 동화의 원리: 삶에 대한 자유로운 사유, 다채로운 사물과의 소통을 작품으로 승화시킬 수 있어야 한다.
④ 성찰의 원리: 경험에서 발견한 것을 자기 삶에 비추어보고 삶에 도움이 될 무엇인가를 찾아야 한다.
⑤ 결속성의 원리: 발상에서부터 상관화, 동화, 성찰의 과정을 통해 주제 의식의 구체성을 도모해야 한다.

수필 창작은 수필 문학에 대한 지식과 경험을 바탕으로 한 능동적이고 총체적인 수필 문학 활동의 기회를 제공해 준다. 창작 행위를 통해 수필에 대한 기본적인 지식을 이해하고 문학적 감수성과 상상력을 기르며 세계를 이해하고 자아를 실현할 수 있다.

■ 다양한 수필 창작법

① 한덩이 쓰기법

1. 수필 감상과 연계한 수필 쓰기
   - 수필 한 작품을 선정하여 정독하며 수필의 형식을 이해하고 수필의 매력을 느껴본다.
2. 맛보기글 짓기
   - 자신이 쓰고자 하는 수필을 예고편 정도의 줄거리를 작성해본다.
3. 발표 및 토의
   - 합평을 통해 살릴 부분과 삭제할 부분 등 피드백을 받는다.
4. 맛보기글을 퇴고하여 수필 작성
   - 한덩이 쓰기의 어려움을 풀어나갈 방법.

② 기본 수필창작법

1. 구체적인 수필 작성 계획서 작성
   - 작품의 주제, 내용, 전개 방식, 종류(경수필, 중수필), 소재, 마감 날짜 선정.
2. 자료 준비
   - 창작하려는 작품에 관련된 사진, 그림, 서적 등의 자료 구비.
   - 작품에 사용할 어휘를 사전적 풀이를 인쇄물로 준비.
3. 평가 명세표 작성.
   - 개별 작품의 특성을 고려하여 확인 가능한 구체적 평가 명세표 작성.
   - 지도자의 일방적 평가보다는 다양한 독자의 평가를 포함

4. 맛보기글 작성

    - 경험을 붙들어 의미 부여하며 쓰기

■ 맛보기글을 통한 자신의 느낌과 생각 드러내기

→ "나는 이 글을 읽고 ~ 을 생각하게 되었다"로 시작하게 하여 필자의 행동이나 태도에 대한 자신의 느낌이나 생각을 적게 한 후 '나의 삶은 어떠한가?', '나에게 일어나는 일은 무슨 의미를 지니는가?'를 되돌아보게 할 수 있다.

→ 오늘 읽은 글의 내용에 대해 "나의 사랑하는 친구 000야! 오늘 나는 이러이러한 내용을 읽었어. ~ "로 시작하여 친구에게 편지 형식의 글을 쓰도록 유도하여 지은이의 삶을 통해 자신의 이야기를 하도록 유도할 수도 있다.

■ 수필 창작. 1

1. 화자와 시점

수필은 자기 고백의 성격을 지닌 문학이다. 특성의 범주가 어느 정도 개방되는 시점에서 수필이 문학성을 획득하기 위한 창작 방안이 제기되고 있다. 그러나 사색적·내면적이며 체험적이어야 한다는 내용적 특성은 바꿀 수 없어서 변화는 제한적일 수밖에 없다. 이런 제한적인 환경에서 새롭게 시도해 볼 창작 방법으로 시점의 선택이 있다.

2. 이야기 조직법

수필이 문학적 감동 구조를 창조하려면 독특한 이야기 조직법 필요하다. 수필은 작가의 체험에서 소재를 구해야 하는 만큼 채택된 글감을 어떻게 어떤 순서로 배열하여 감동적 이야기로 조직하느냐는 것이 창작의 관건이 된다. 수필의 무형식성이 창작 방법의 자유로운 가능성을 말한 것이라면, 다은 장르의 구성 방법을 수용하는 것이 변화하는 새 시대에 지향해야 할 창작 방법이 될 수도 있다. 요컨대, 서사학에서 제시하는 이야기 조직 방법으로는 연결법, 삽입법, 병렬법, 패턴, 몽타주, 콜라주 등이 있다.

① 연결법은 작중인물이 사건과 행동을 차례로 체험해 나가게 하는 방법이다. 이는 사건의 고리들을 종속적으로 엇물리는 게 아닌 사슬을 만들 듯 단순히 이야기를 한 주로 서술하는 방법이다.

② 삽입법은 하나의 기본 이야기 속에 다른 이야기를 끼워 넣는 방법이다. 여기에는 액자 기법과 삽화 기법이 속한다. 액자는 주제 수렴에 기여하고 사실성을 강화하는 기법으로 자주 쓰인다.

③ 병렬법은 두 가지 이상의 이야기를 평등하게 교차 반복 배열하는 교차법과 교착법, 그리고 동시 병렬법이 있다.

④ 패턴은 플롯을 공간화하는 기법으로 의미 있는 사건과 행동 등을 반복 배열하는 것을 말한다. 여기에는 논리적 패턴과 심리적 패턴이 있다.

⑤ 몽타주는 시간 몽타주와 공간 몽타주가 있다. 전자는 같은 공간에서 다양한 시간대에 발생한 사건과 행동을 모아 제시하고, 후자는 같은 시간대에 다양한 공간에서 발생한 행동을 모아 제시할 때 쓰인다.

⑥ 콜라주는 기본 이야기 속에 편지나 일기, 그림, 공문서 등의 1차 재료를 원형대로 삽입해 병치하는 것을 말한다.

■ 수필 창작. 2

어떠한 수필을 쓸 것인가. 우리는 수필을 창작할 때, 어떠한 방식으로 어떤 내용을 쓸 것인가를 고민하게 된다. 여기서는 수필 창작에 도움이 될 수 있는 수필 형식을 알아보도록 한다.

① 표상적 수필

표상은 상징 또는 은유한다는 의미이다. 수필에서 재현된 경험이 삶의 어떤 진실을 상징하거나 은유토록 하는 경우를 가리킨다. 경험을 재현하여 삶의 진실을 표상한다는 의도를 지니고 창작한 수필을 표상적 수필이라 한다. 여기서는 자신의 경험을 박진감 있게 재현하는 것이 중요하다. 그것은 곧 경험 객관적으로 재현해야 한다는 말이기도 하다. 그러나 이것이 환영을 불러일으킬 정도로 실재의 경험을 그대로 복제해야 한다는 말은 아니다. 오히려 경험한 것을 통찰해 그 본질을 인식하고 부각해 미적 가치를 지니도록 모상해야 한다는 것이다.

재현에서 사실성의 정도는 의미를 지니지 않는다. 더 사실적이라고 해서 환대받을 일도 아니다. 오히려 수필에서 경험의 재현은 필요에 따라 덜 사실적이거나 더 사실적일 수 있다. 이 말은 경험의 본질을 드러내는 재현이라면 어느 경우든 상관없다. 달리 말하면, 재현한 경험은 무엇인가를 표상해야 한다는 말이다. 표상하지 않는 재현은 무의미하다. 수필에서 경험의 재현은 본질적인 그 무엇을 드러내는 코드 체계여야 한다. 수필에서 재현된 경험은 본질적인 무엇에 대한 진리를 말하거나 은유해야 문학적 가치를 지니며 그렇지 못하면 신변잡기에 머물기 마련이다.

결론적으로 표상적 수필은 인간 본질이나 삶의 진실을 인식하려는 의도와 지향성을 지닌다. 이 말은 독자에게 인간의 본질이나 삶의 진실로의 성찰을 이끌어야 한다는 말이다. 그런 점에서 본질은 경험 속에 객관적으로 존재하는 것이 아니라, 작가에 의해 구성되고 창작된 것이라고 할 수 있다.

② 표현적 수필

경험에서 느끼는 정서의 성질이나 인간의 성향을 드러내는 수필은 표현적이다. 여기서 표현의 의미는 정서 상태나 정서적 태도를 간접적으로 드러내는 것을 말한다. 감정 전달의 차원이 아니라, 감정이 배어나는 차원의 진술이 곧 표현이다. 이는 경험을 객관적으로 그리기보다 주관적인 경험을 탐구하는 데 주력하는 작품들을 말한다. 경험 대상의 외적 특징보다는 내적 속성에 관한 감정적 반응을 전달한다. 이때 감정은 정서의 성질(그리움, 외로움, 연민, 슬픔, 희열 등)이거나 인간의 성향(비열함, 용감함, 숭고함, 위선 등)일 수도 있다. 무엇보다 표현적 수필은 대상을 감성적으로 보고 그 느낌을 표현하는 데 목적이 있다. 이는 경험 대상으로부터 어떤 감정을 느껴야 쓸 수 있다는 말이다. 그러므로 작가의 정서적 시각이 중요하며, 작가는 자신의 감정 상태를 신중히 탐색하고 감정의 질감과 윤곽을 찾아야 한다. 예컨대 삶이 얼마 남지 않은 시간 앞에서 초조함이나 지난 시간의 원망이 뒤섞인 서러움의 정서를 그린다면 경험 대상을 자신의 내부로 끌어들여 동화시키거나 자아를 대상에 투사해야 한다. 경험의 대상을 자아의 감정에 적합한 것으로 주관화하여 자아와의 동일성을 추구해야 한다는 말이다.

표현적 쓰기에서는 의도적으로 복잡한 감정 상태를 표현할 수도 있지만, 그렇지 않을 때는 하나로 수렴된 감정 표현에 초점을 맞추어야 한다. 어떤 것에 관해 무엇을 느끼는가를 자문하며 표현할 감정을 찾고 그 감정의 질감이 돋보이도록 경험의 조각을 선택·결합해야 한다.

마지막으로 표현적 쓰기에서는 감정 표현할 때마다 순간의 감정을 마구 배설하면 안 된다. 체험에서 발생한 개별적 감정을 자유분방하게 분출하는 것이 아닌 정제된 감정을 표현해야 한다는 것이다.

③ 표출적 수필

경험이나 지식을 동원해 주관적인 견해를 펴는 수필을 말한다. 주로 철학적 이념이나 사회문화에 대한 견해를 직설적으로 피력하는 작품을 이른다. 이런 양식의 작품은 소견을 직설적으로 설명하므로 **표출적** 성격을 지닌다.

표출적 수필은 교술적 성격이 농후하다. 그리고 수필의 태생적 속성은 교술이다. 교술의 '敎'는 알려주며 주장한다는 뜻이고 '述'은 어떤 사실이나 경험을 서술한다는 뜻이다. 그런데 한국 수필은 서정적, 서사적, 극적 형식을 수필 쓰기에 활용하되, 교술적 특성을 탈피하려는 방향으로 나아가고 있다. 이는 3분법에 따른 문학 범주에 편입되고자 하는 문학주의가 팽배해 있기 때문이라 여겨진다. 그러나 수필은 풍부한 지식이나 깊은 사유가 동원되어야 하고 감정의 흐름보다는 논리의 흐름에 따라야 한다. 그래야만 작가의 견해가 명료하게 전달될 수 있다.

■ 수필 예시. 1

인연(因緣)
- 피천득

지난 사월 춘천에 가려고 하다가 못 가고 말았다. 나는 성심여자대학에 가보고 싶었다. 그 학교에 어느 가을 학기, 매주 한 번씩 출강한 일이 있다. 힘든 출강을 하게 된 것은, 주 수녀님과 김 수녀님이 내 집에 오신 것에 대한 예의도 있었지만, 나에게는 사연이 있었다.

수십 년 전에 내가 열일곱 되던 봄, 나는 처음 동경에 간 일이 있다. 어떤 분의 소개로 사회 교육가 미우라 선생 댁에 유숙을 하게 되었다. 시바쿠 시로가네에 있는 그 집에는 주인 내외와 어린 딸 세 식구가 살고 있었다. 하녀도 서생도 없었다. 눈이 예쁘고 웃는 얼굴을 하는 아사코는 처음부터 나를 오빠같이 따랐다. 아침에 낳았다고 아사코라는 이름을 지어주었다고 하였다. 그 집

뜰에는 큰 나무들이 있었고, 일년초 꽃도 많았다. 내가 간 이튿날 아침, 아사코는 '스위트피'를 따다가 화병에 담아 내가 쓰게 된 책상 위에 놓아주었다. '스위트피'는 아사코같이 어리고 귀여운 꽃이라고 생각하였다.

성심여학원 소학교 일 학년인 아사코는 어느 토요일 오후 나와 같이 저희 학교까지 산보를 갔다. 유치원부터 학부까지 있는 카톨릭 교육기관으로 유명한 이 여학원은 시내에 있으면서 큰 목장까지 가지고 있었다. 아사코는 자기 신발장을 열고 교실에서 신는 하얀 운동화를 보여주었다.

내가 동경을 떠나던 날 아침, 아사코는 내 목을 안고 내 뺨에 입을 맞추고, 제가 쓰던 작은 손수건과 제가 끼던 작은 반지를 이별의 선물로 주었다. 옆에서 보고 있던 선생 부인은 웃으면서 "한 십 년 지나면 좋은 상대가 될 거예요." 하였다. 나의 얼굴이 더워지는 것을 느꼈다. 나는 아사코에게 안데르센의 동화책을 주었다.

그 후 십 년이 지났다. 그동안 나는 국민학교 일 학년 같은 예쁜 여자아이를 보면 아사코 생각을 하였다. 내가 두 번째 동경에 갔던 것도 사월이었다. 동경역 가까운 데 여관을 정하고 즉시 미우라 댁을 찾아갔다. 아사코는 어느덧 청순하고 세련되어 보이는 영양이 되어 있었다. 그 집 마당에 피어 있는 목련꽃과도 같이. 그때 그는 성심여학원 영문과 삼학년이었다. 나는 좀 서먹서먹했으나, 아사코는 나와의 재회를 기뻐하는 것 같았다. 아버지 어머니가 가끔 내 말을 해서 나의 존재를 기억하고 있었나보다.

그 날도 토요일이었다. 저녁 먹기 전에 같이 산보를 나갔다. 그리고 계획하지 않은 발걸음은 성심 여학원 쪽으로 옮겨져 갔다. 캠퍼스를 두루 거닐다가 돌아올 무렵 나는 아사코 신발장은 어디 있느냐고 물어보았다. 그는 무슨 말인가 하고 나를 쳐다보다가, 교실에는 구두를 벗지 않고 그냥 들어간다고 하였다. 그리고는 갑자기 뛰어가서 그 날 잊어버리고 교실에 두고 온 우산을 가지고 왔다.

지금도 나는 여자 우산을 볼 때면 연두색이 고왔던 그 우산을 연상한다. 〈셀부르의 우산〉이라는 영화를 내가 그렇게 좋아한 것도 아사코의 우산 때문인가 한다. 아사코와 나는 밤늦게까지 문학 이야기를 하다가 가벼운 악수를 하고 헤어졌다. 새로 출판된 버지니아 울프의 소설 〈세월〉에 대해서도 이야기한 것 같다.

그 후 또 십여 년이 지났다. 그동안 제2차 세계대전이 있었고 우리나라가 해방이 되고 또 한국 전쟁이 있었다. 나는 어쩌다 아사코 생각을 하곤 했다. 결혼은 하였을 것이요, 전쟁 통에 어찌 되지나 않았나, 남편이 전사하지나 않았나 하고 별별 생각을 다하였다.

1954년 처음 미국 가던 길에 나는 동경에 들러 미우라 댁을 찾아갔다. 뜻밖에 그 동네가 고스란히 그대로 남아있었다. 선생 내외분은 흥분된 얼굴로 나를 맞이하였다. 그리고 한국이 독립이 돼서 무엇보다도 잘됐다고 치하를 하였다. 아사코는 전쟁이 끝난 후 맥아더사령부에서 번역 일을 하고 있다가, 거기서 만난 일본인 이세와 결혼을 하고 따로 나서 산다는 것이었다. 아사코가 전쟁 미망인이 되지 않은 것은 다행이었다. 그러나 2세와 결혼하였다는 것이 마음에 걸렸다. 만나고 싶다고 그랬더니 어머니가 아사코의 집으로 안내해주셨다.

뾰죽 지붕에 뾰죽 창문들이 있는 작은 집이었다. 이십여 년 전 내가 아사코에게 준 동화책 겉장에 있는 집도 이런 집이었다. "아, 이쁜 집! 우리 이담에 이런 집에서 같이 살아요." 아사코의 어린 목소리가 지금도 들린다.

십 년쯤 미리 전쟁이 나고 그만큼 일찍 한국이 독립이 되었더라면 아사코의 말대로 우리는 같은 집에서 살 수 있게 되었을지도 모른다. 뾰죽 지붕에 뾰죽 창문들이 있는 집이 아니라도, 이런 부질없는 생각이 스치고 지나갔다.

그 집에 들어서자 마주친 것은 백합같이 시들어가는 아사코의 얼굴이었다. 〈세월〉이란 소설 이야기를 한 지 십 년이 더 지났었다. 그러나 그는 아직 싱싱하여야 할 젊은 나이다. 남편은 내가 상상한 것과 같이, 일본사람도 아니고 미국 사람도 아닌 그리고 진주군 장교라는 것을 뽐내는 것 같은 사나이였다. 아사코와 나는 절을 몇 번씩하고 악수도 없이 헤어졌다.

그리워하는데도 한 번 만나고는 못 만나게 되기도 하고, 일생을 못 잊으면서도 아니 만나고 살기도 한다. 아사코와 나는 세 번 만났다. 세 번째는 아니 만났어야 좋았을 것이다.

무소유
- 법정

"나는 가난한 탁발승이오. 내가 가진 거라고는 물레와 교도소에서 쓰던 밥그릇과 염소젖 한 깡통, 허름한 담요 여섯 장, 수건 그리고 대단치도 않은 평판, 이것뿐이오."

마하트마 간디가 1931년 9월 런던에서 열린 제2차 원탁회의에 참석하기 위해 가던 도중 마르세유 세관원에게 소지품을 펼쳐 보이면서 한 말이다. K. 크리팔라니가 엮은 〈간디 어록〉을 읽다가 이 구절을 보고 나는 몹시 부끄러웠다. 내가 가진 것이 너무 많다고 생각되었기 때문이다. 적어도 지금의 내 분수로는 그렇다. 사실, 이 세상에 처음 태어날 때 나는 아무것도 갖고 오지 않았었다. 살 만큼 살다가 이 지상의 적(籍)에서 사라져 갈 때에도 빈손으로 갈 것이다. 그런데 살다 보니 이것저것 내 몫이 생기게 되었다. 물론 일상에 소용되는 물건들이라고 할 수도 있다. 그러나 없어서는 안 될 정도로 꼭 요긴한 것들만일까. 살펴볼수록 없어도 좋을 만한 것들이 적지 않다.

우리들이 필요에 의해서 물건을 갖게 되지만, 때로는 그 물건 때문에 적잖이 마음이 쓰이게 된다. 그러니까 무엇인가를 갖는다는 것은 다른 한편 무엇인가에 얽매인다는 뜻이다. 필요에 따라 가졌던 것이 도리어 우리를 부자유하게 얽어맨다고 할 때 주객이 전도되어 우리는 가짐을 당하게 된다. 그러므로 많이 갖고 있다는 것은 흔히 자랑거리로 되어 있지만, 그만큼 많이 얽혀 있다는 측면도 동시에 지니고 있다.

나는 지난해 여름까지 난초 두 분을 정성스레, 정말 정성을 다해 길렀었다. 3년 전 거처를 지금의 다래헌으로 옮겨 왔을 때 어떤 스님이 우리 방으로 보낸 준 것이다. 혼자 사는 거처라 살아있는 생물이라고는 나하고 그 애들뿐이었다. 그 애들을 위해 관계 서적을 구하다 읽었고, 그 애들의 건강을 위해 하이포넥스인가 하는 비료를 구해 오기도 했었다. 여름철이면 서늘한 그늘을 찾아 자리를 옮겨 주어야 했고, 겨울에는 그 애들을 위해 실내 온도를 내리곤 했다.

이런 정성을 일찍이 부모에게 바쳤더라면 아마 효자 소리를 듣고도 남았을 것이다. 이렇듯 애지중지 가꾼 보람으로 이른 봄이면 은은한 향기와 함께 연둣빛 꽃을 피워 나를 설레게 했고 잎은 초승달처럼 항시 청청했었다. 우리 다래헌을 찾아온 사람마다 싱싱한 난초를 보고 한결같이 좋아라 했다.

지난해 여름 장마가 갠 어느 날 봉선사로 운허노사를 뵈러 간 일이 있었다. 한낮이 되자 장마에 갇혔던 햇볕이 눈부시게 쏟아져 내리고 앞 개울물 소리에 어울려 숲속에서는 매미들이 있는 대로 목청을 돋구었다. 아차! 이때서야 문득 생각이 난 것이다. 난초를 뜰에 내놓은 채 온 것이다. 모처럼 보인 찬란한 햇볕이 돌연 원망스러워졌다. 뜨거운 햇볕에 늘어져 있을 난초잎이 눈에 아른거려 더 지체할 수가 없었다. 허둥지둥 그 길로 돌 왔다. 아니나 다를까, 잎은 축 늘어져 있었다. 안타까워하며 샘물을 길어다 축여 주고 했더니 겨우 고개를 들었다. 하지만 어딘지 생생한 기운이 빠져나간 것 같았다.

나는 이때 온몸으로 그리고 마음속으로 절절히 느끼게 되었다. 집착이 괴로움인 것을, 그렇다. 나는 난초에게 너무 집념한 것이다. 이 집착에서 벗어나야겠다고 결심했다. 난을 가꾸면서는 산철에도 나그네길을 떠나지 못한 채 꼼짝을 못했다. 밖에 볼일이 있어 잠시 방을 비울 때면 환기가 되도록 들창문을 조금 열어놓아야 했고, 분(盆)을 내놓은 채 나가다가 뒤미처 생각하고는 되돌아와 들여놓고 나간 적도 한두 번이 아니었다. 그것은 지독한 집착이었다.

며칠 후, 난초처럼 말이 없는 친구가 놀러 왔기에 선뜻 그의 품에 분을 안겨 주었다. 비로소 나는 얽매임에서 벗어난 것이다. 날아갈 듯 홀가분한 해방감. 3년 가까이 함께 지낸 '유정(有情)'을 떠나보냈는데도 서운하고 허전함보다 홀가분한 마음이 앞섰다. 이때부터 나는 하루 한 가지씩 버려야겠다고 스스로 다짐을 했다. 난을 통해 무소유의 의미 같은 걸 터득하게 됐다고나 할까. 인간의 역사는 어떻게 보면 소유사처럼 느껴진다. 보다 많은 자기네 몫을 위해 끊임없이 싸우고 있다. 소유욕에는 한정도 없고 휴일도 없다. 그저 하나라도 더 많이 갖고자 하는 일념으로 출렁거리고 있다. 물건만으로는 성에 차질 않아 사람까지 소유하려 든다. 그 사람이 제 뜻대로 되지 않을 경우는 끔찍한 비극도 불사하면서. 제정신도 갖지 못한 처지에 남을 가지려 하는 것이다.

소유욕은 이해와 정비례한다. 그것은 개인뿐 아니라 국가 간의 관계도 마찬가지다. 어제의 맹방들이 오늘에는 맞서게 되는가 하면, 서로 으르렁대던 나라끼리 친선 사절을 교환하는 사례를 우리는 얼마든지 보고 있다. 그것은 오로지 소유에 바탕을 둔 이해관계 때문이다. 만약 인간의 역사가 소유사에서 무소유사로 그 방향을 바꾼다면 어떻게 될까. 아마 싸우는 일은 거의 없을 것이다. 주지 못해 싸운다는 말은 듣지 못했다

간디는 또 이런 말도 하고 있다.

"내게는 소유가 범죄처럼 생각 된다."

그가 무엇인가를 갖는다면 같은 물건을 갖고자 하는 사람들이 똑같이 가질 수 있을 때 한한다는 것. 그러나 그것은 거의 불가능한 일이므로 자기 소유에 대해서 범죄처럼 자책하지 않을 수 없다는 것이다. 우리들의 소유 관념이 때로는 우리들의 눈을 멀게 한다. 그래서 자기의 분수까지도 돌볼 새 없이 들뜬다. 그러나 우리는 언젠가 한 번은 빈손으로 돌아갈 것이다. 내 이 육신마저 버리고 훌훌히 떠나갈 것이다. 하고 많은 물량일지라도 우리를 어떻게 하지 못할 것이다.

크게 버리는 사람만이 크게 얻을 수 있다는 말이 있다. 물건으로 인해 마음을 상하고 있는 사람들에게는 한 번쯤 생각해볼 말씀이다. 아무것도 갖지 않을 때 비로소 온 세상을 갖게 된다는 것은 무소유의 또 다른 의미이다.

3) 동화(童話)

동화는 어린이를 위해 동심을 바탕으로 지은 이야기다. 동화의 정의는 광의냐, 협의냐에 따라 그 범주와 의미가 달라진다. 동화는 옛날이야기·민담·우화·신화·전설 등과 같은 설화의 종류가 아닌 그것을 고치거나 한 것을 동화라는 형태 속에 포용한 것이다. 그러므로 동화가 지향하는 것은 종래 있어 온 어린이를 위한 이야기의 재구성이라기보다는 시 정신에 입각한 인간 보편의 진실을 상징으로 표현하려는 데에 있다.

문예창작의 실제

동화의 문예적 우수성은 뛰어난 상징으로 커다란 유열(좋아하여 탐닉함)과 황홀한 미감을 주며, 풍부한 정서로 비교할 수 없는 인간성의 미묘함을 보이고 다양한 활동으로 여러 가지 인생의 진실을 보여준다는 것이다.

동화의 근원은 원시시대의 설화문학이다. 그중에서도 협의의 동화인 메르헨은 원시민족이 신의 행적을 읊은 서사시의 일종이다. 그것은 현실에 속박을 받지 않고 공상에 의하여 비현실적인 일들을 이야기한 것이다. 이러한 옛 이야기류는 어른이나 아동의 구별이 없이 두루 민중 전체의 입에서 입으로 전하여 내려오면서 여러 가지 윤색과 개작의 과정을 겪은 것으로, 구전·기재 정착의 과정을 거쳐 구전동화로 현존하게 된 것이다.

■ 전래동화와 현대의 창작동화의 특성

전래동화는 오래전부터 전해 내려오는 이야기다. 따라서 작가는 알려지지 않은 경우가 많고, 주인공들은 대개 평면적 인물이다. 이때, 평면적 인물은 처음부터 끝까지 성격이 똑같은 인물을 가리키는 말이다. 또한, 줄거리 중심으로 스토리가 구성되어 정경묘사나 성격묘사가 희박하며 문장이 시적·서정적이기보다 산문적·서사적인 특성을 보이고, 주제는 '권선징악'이었다.

예컨대, 〈선녀와 나무꾼〉, 〈장화 홍련〉, 〈호랑이와 곶감〉, 〈은혜 갚은 까치〉, 〈혹부리영감〉, 〈콩쥐 팥쥐〉, 〈효성스러운 호랑이〉 등이 바로 우리나라의 대표적인 전래동화다.

반면, 창작동화는 작가가 알려져 누가 언제 만들었는지 알 수 있는지 알수 있는 동화다. 그렇다 보니 창작동화에서는 작가의 생각이 잘 드러나며, 주제도 자연 사랑, 우정, 환경 보호, 이웃 사랑 등으로 다양하며 그 한계 역시 설정할 수 없다.

■ 동화의 종류

① 환상 동화: 현실 세계가 아닌 공상적인 세계, 어린이들에게 꿈과 상상의 세계를 환상적으로 만들어 주는 동화.

② 생활 동화: 리얼리티에 중점을 둔 이야기. 일상에서 찾은 소재를 사실적으로 묘사한 동화.

③ 순수 동화: 어린이를 위한 동심을 기초로 해서 지은 동화.

④ 목적 동화: 뜻하는 바와 성과를 얻기 위해서 한 방향으로 편향되게 쓰는 동화.

⑤ 과학 동화: 과학적 지식과 상상력, 창조성의 배양을 목적으로 쓰인 동화.

⑥ 환경 동화: 환경 보호의 중요성과 자연과 더불어 사는 인간 삶을 다룬 동화.

⑦ 성교육 동화: 성에 대한 지식과 남녀에 따른 성 차이의 인식을 위해 쓰인 동화.

⑧ 경제 동화: 경제 관념을 이해하고 올바른 경제생활의 정립을 목적으로 하는 동화.

현대의 동화는 과거와 달리 대상을 어린이들에 한정하지 않는다. 초등학교 저학년과 고학년, 중학생·고등학생 그리고 성인을 위한 동화에 이르기까지 대상이 확장되고 있다. 이는 곧 다루는 주제의 범주와 형식도 확대됨을 의미한다.

■ 동화의 창작

대상	저학년	고학년	중·고등학생	성인
등장인물	1~5인	3-8인	3~10인	3~10인

문예창작의 실제

형식	단편적인 사건 장면의 클로즈업	기승전결 구조 복합적인 사건	성장형 동화 갈등과 극복	내면세계 성찰 현실과 삶 반영
주제	하나의 주제	하나의 주제	복합적 주제	성찰적 주제
구조	기서결	기승전결	기승전결	복합적 구성
분량	단편 200자 원고지 40매 내외 중편 200자 원고지 150매 내외 장편 200자 원고지 2500매 내외			

■ 동화 예시

북한에서 온 내 짝꿍

- 천유철

아침부터 학교가 시끌벅적해. 아마도 얼마 전에 선생님께서 말한 그 녀석이, 오늘 우리 학교로 전학을 오나 봐. 그런데 완전히 전학을 오는 것은 아니고, 당분간 체험 하러 오는 거라고 했어. 세상에 학교를 체험하러 오는 녀석도 있다니, 상당히 불쾌한 일이야. 나와 내 친구들은 체험하러 학교에 다녀본 적이 없는데 말이야. 그런데 이렇게 오랫동안 학교가 시끌벅적한 이유는, 단순히 그 녀석이 체험 하러 학교에 오기 때문만은 아니야. 정말 특이하게도 그 녀석은 북한에서 우리나라로 넘어온 간첩이라는 소문이 나서 그런 거지. 세상에 그게 말이나 돼? 정말 간첩이라면 우리 모두를 총으로 쏴죽일지도 모르는걸.

1교시가 시작되기 전에 선생님께서는 조회를 하러 교실로 들어오셨어. 선생님 손을 잡고 들어온 녀석은 남자아이였는데, 역시나 그냥 평범한 녀석이었지. 정말 간첩이 올 것으로 생각했는지, 친구들은 그 녀석을 보고는 모두 맥이 빠지는 얼굴을 하고 있었어.

"에이, 아니잖아!"하는 친구들의 목소리가 나오자, 선생님께서는 우리들에게 조용히 하라고 손짓하고는 그 녀석을 교탁 위로 떠밀었어. 그런데 그 녀석의 자기소개는 정말 이상했던 거야.

"동무들, 내는 북조선에서 온 리강석이라 합네. 북에선 인민학교를 마쳤는데, 남조선에선 5학년이랍디더, 그래서 오늘부터 동무들과 같이 공부하게 됐십니더. 잘 부탁합네다."

모두 눈이 휘둥그레졌어. 그런 말투는 들어본 적이 없었기 때문에 우리는 뭐라고 말을 해야 할지 몰랐어. 누구도 말을 하지 않았고 그냥 멍하게 있었던 것 같아. 그런데 갑자기 용철이가 불쑥 먼저 이렇게 말해버렸어.

"탈북자다. 빨갱이 새끼다!"

나는 그 말이 무슨 말인지 몰랐어. 하지만 그냥 느낌으로 안 좋은 말이라는 것은 알 수 있었지. 선생님께서는 용철이에게 그런 말은 하면 안 된다고 하셨어. 그리고 전학 온 녀석에겐 탈북자란 말 대신 새터민이라고 부르는 것이 좋다고도 하셨지. 또 원래 다니는 대안학교에서 남한의 일반 초등학교로 체험학습을 하기 위해 한 주 동안 우리 학교에 다니게 될 거라고 하셨어. 사실 난 대안학교가 뭔지 모르고 새터민이라는 것도 잘 모르지만, 아무튼 북한에서 넘어온 녀석임은 틀림이 없었어. 하지만 난 정말 그 녀석이 내 짝꿍이 될지는 몰랐는걸….

"어디 보자, 그래! 마송지가 짝이 없으니 강석이는 송지랑 짝을 하면 되겠다."

하필이면 이럴 때, 짝꿍이 없는 사람이 나밖에 없다는 것은 절망적인 일이야. 우리 반의 짓궂은 녀석들이 내 짝꿍이 되는 것도 싫지만, 왠지 리강석, 저 녀석은 더 싫은걸. 이런 내 마음도 모르는 리강석은 성큼성큼 걸어오기 시작했어. 내 옆자리로 와서는 의자를 빼서 앉고 말았지. 하마터면 난 숨이 멎어버릴 뻔했어. 그리고 왠지 어색한 기분이 들어서 창밖으로 고개를 돌려버렸어. 그런데 리강석이 내게 말을 거는 게 아니겠어?!

"저기…."

리강석이 날 부르는 것 같았지만, 나는 차마 고개를 돌릴 자신이 없었어. 그런데도 리강석은 계속 내게 말을 걸더라.

"양머리간나, 구먹댕이가?"그러면서 내 몸을 확 젖혀버렸어. 그때였지.

-뿡!

너무 놀란 나는, 나도 모르게 방귀가 나와 버렸어. 정말 최악이야. 나는 갑자기 얼굴이 화끈해졌어. 친구들은 모두 나를 쳐다보는 것 같았어. 그런데 그

문예창작의 실제

때 리강석은 머리를 긁적이며 선생님께 말해버렸지.

"선생님요. 제가 자삣하문 등탈 나니 료해해주세요."

선생님은 강석이가 새 친구들을 만나서 긴장한 것 같다며 웃으며 말씀하셨고, 친구들도 모두 리강석이 방귀를 뀐 것으로 생각했어. 덕분에 아무도 내가 방귀를 뀐 사실을 눈치 채지 못했지. 그때 난 리강석에게 많이 고마웠어. 하지만 그 녀석에게 도저히 말을 붙일 엄두는 나지 않아서, 다시 고개를 창가로 돌려버렸어. 리강석도 더는 내게 말을 붙이지 않았지. 그게 차라리 난 더 고마웠어. 집에 가는 길에는 리강석에게 고맙다는 말을 전하지 못한 것이 자꾸 마음이 걸렸어. 그래서 다음날 학교에 가면 리강석에게 내가 먼저 말을 건네야겠다는 생각했지.

아! 말이 나왔으니 말인데, 아무도 리강석에게 말을 거는 친구는 없었어. 내가 보기엔 아무리 봐도 리강석이 간첩처럼 보이지는 않는데, 다들 간첩으로 보이나 봐. 하지만 방귀를 대신 뀌었다고 말해주는 간첩은 없으니까, 나는 한번 리강석과 친구가 되어 볼까 생각했던 거야.

그런데 다음날 학교를 가보니, 내 자리 옆 창가에 화분이 놓여 있는 게 아니겠어? 그리고 그 화분에 핀 꽃에 리강석이 물을 주고 있더라고. 아무도 리강석에게 말을 걸진 않았지만, 다들 리강석을 의식하고 있는 눈치였어. 난 용기를 내서 리강석에게 다가가 물어봤어.

"그 꽃, 이름이 뭐니?"

리강석은 당황한 것 같았어. 아무도 자기한테 말을 건 사람이 없었기 때문에, 많이 놀란 눈치였어. 그리고 나도 사실은 많이 긴장했었지. 혹시나 내 말에 대답해주지 않으면 난 정말 민망할 테니까. 그런데 생각과는 달리 리강석은 내게 친절하게 대답을 해줬어.

"돌잔꽃이다, 북에 계시는 아반이 주신기다."

난 사실 돌잔꽃도, 또 아반도 누군지 모르지만, 그래도 리강석과 처음 말을 건넸다는 사실에 내심 기뻤어. 리강석도 나와 마음이 통했던지, 묻지도 않은 사실에 대해 더 많은 말을 해줬었지.

"이거는 우리 북조선에서 가지고 온 꽃이다. 애반살이 할 적에 유일하게 가지고 온 거다."

　난 지금도 그때 리강석의 모습을 잊지 못하겠어. 생각해보니 그렇게 많은 말을 하는 모습은 처음이었거든. 친구들 모두가 리강석에게 한 번도 말을 걸지는 않았지만 리강석은 외로워 보이지도 않았어. 리강석이 정성스럽게 매일 꽃에 물을 주고 화분을 햇볕에 쬐는 모습은 오히려 즐거워 보이기까지 했거든. 그렇게 내게는 마음을 열었던 리강석이었는데, 그런 리강석을 왜 난 믿지 못했던 걸까…….

　그날은 내가 늦잠을 자는 바람에, 아침부터 정신이 없었던 탓이었을 거야. 엄마가 봉투에 넣어준 급식비를 가방에 잘 챙겨 넣었어야 했어. 아니, 어쩌면 매일 깜빡해서 늦게 내지 말고 미리미리 냈어야 했어. 난 그날도 혹시나 깜빡하고 내지 못할까 봐, 학교에 도착하자마자 선생님께 먼저 드려야겠다고 생각했었어. 하지만 아무리 뒤져봐도 가방에선 급식비가 나오지 않았는걸. 그땐 정말 나도 모르게 식은땀이 났어. 사실 눈물이 찔끔 날 뻔도 했지. 그리고 선생님께서 교실에 들어오셔서 "마송지! 어머니가 급식비를 보내줬다는데, 가지고 왔니?"라고 물어봤을 땐, 나도 모르게 울어버렸어. 내가 울어버리는 바람에 교실은 한바탕 소란이 났지만, 내 어깨를 토닥이며 나를 달래주는 리강석이 있어서 참 다행이었어. 나는 정말 큰 일이 났다고 생각했지만, 리강석이 위로해줘서 기꺼이 눈물을 참을 수도 있었어. 그래서 난 그걸로 끝이 난 줄 알았어. 그런데 갑자기 용철이가 소리쳤었지.

　"리강석이다, 선생님 리강석 가방에 돈 봉투가 들어 있어요!"

　나는 깜짝 놀랐어. 그리고 선생님은 가방에 든 봉투를 들여다보며 리강석에게 물었지.

　"강석아, 네가 송지 가방에서 봉투를 꺼내 갔니?"

　그때, 리강석은 아무 말도 하지 않았어. 나도 너무 놀라서 아무 말도 하지 못하고 리강석만 쳐다봤지. 선생님께서 봉투에서 돈을 꺼냈을 때, 정확히 36000원이 나와서 친구들은 모두 리강석이 범인이라고 비난을 하기 시작했어. 하지만 그래도 리강석은 친구들과 선생님에게 해명조차 하지 않았는걸. 나도 모르게 너무 화가 나기 시작했어. 그런데 하필이면 그때, 내 눈앞에 리강석의 화분이 보였던 거야.

"송지야, 부숴버려!"

친구들은 화분을 가리키며 모두 부숴버리라고 했어. 나도 모르게 화분을 손에 쥐었고 또 교실바닥에 내리쳐버린 것은 잘못한 일인 것 같아. 선생님께서 리강석을 교무실로 데리고 갔을 때도 내 화는 전부 풀리지는 않았었어. 그래서 엄마에게 전화를 걸기로 했던 거야. 사실 고자질은 나쁜 행동이라고 배웠지만, 이번만큼은 예외라고 생각했거든. 그렇게 엄마에게 일러버리면 난 혼나지도 않을 거고, 또 마음이 후련할 것만 같았어. 하지만 화가 난, 내 기분은 좀처럼 풀리지 않았어. 그날, 선생님께서 종례시간에 이렇게 말씀하시기 전까지는 말이야.

"오늘 아침에 불미스러운 사건이 있었죠? 제가 물어보니 강석이가 가지고 있던 돈은, 강석이의 급식비였어요. 강석이는 가족들과 북한에서 궁핍한 생활을 했기에, 혼자서 급식을 먹는 것이 불편했었던 것 같아요. 그래서 그 돈으로 가족들과 함께 먹을 음식을 사고 싶은 마음에 급식비를 내지 않고 계속 가지고 있었던 것 같아요."

교실 안은 갑자기 너무 조용해졌어. 나도 당황스러웠어. 그런데 친구들은 선생님의 말씀을 전부 믿을 수는 없었나 봐.

"거짓말이에요! 그럼 왜 리강석이 자기 돈이라고 말 안 했겠어요!"

용철이가 말을 하자, 다른 친구들도 모두 "맞아요!"하면서 환호하듯이 소리치기 시작했어.

"여러분, 강석이가 살던 곳은, 한국과는 많이 달라요. 살아왔던 환경도 많이 다르고요. 강석이는 혹시 급식을 먹지 않고 돈을 숨겨두면 빼앗긴다고 생각을 했었던 것 같아요."

선생님은 끝까지 리강석을 믿어야 한다고 말씀하셨어. 그리고 같은 교실에서 공부하는 친구들끼리 서로 믿지 못하는 모습이 매우 슬프다고도 하셨지. 리강석이 많이 놀란 것 같아서 먼저 집으로 하교시켰다는 말씀을 하실 땐, 내 마음이 얼마나 무거웠는지 몰라.

학교가 끝나고 집에 오니, 엄마는 내 책가방을 열어보라고 하셨어. 엄마는 가방 속에 봉투가 들어 있는지 확인하시는 것 같았어.

"엄마, 아무리 찾아도 없어요."

내 말을 못 들으신 건지, 엄마는 책을 한 권, 한 권씩 펼쳐보면서 꼼꼼히 확인하셨지.

"그런데 마송지, 정말 열심히 찾아보긴 한 거니!"

나는 엄마를 볼 자신이 없었어. 고개를 숙이고 아무 말도 할 수 없었지. 그런데 내 눈앞에 불쑥 흰 봉투가 보이는 거야. 엄마는 흰 봉투를 손에 쥐고 나를 노려보시고 계셨어. 나는 깜짝 놀랐어. 내가 아무 말도 하지 않으니까, 엄마가 한숨을 쉬면서 말했어.

"네 국어책 속에 끼어 있잖니, 이 봉투!"

엄마는 제대로 확인도 해보지 않고 친구를 의심했다고 꾸중을 하셨어. 난 갑자기 리강석의 얼굴이 떠올랐지. 그리고 화분을 깬 일이 생각나서 점점 마음이 무거워지기 시작했어. 하지만 왠지, 이 사건으로 리강석을 볼 자신이 없어졌어. 사과해야 할 것 같은데, 정말 미안해서 어떻게 해야 할지 난감했는걸.

다음날, 교실에 다시 들어섰을 때도 리강석의 모습은 보이지 않았어. 그리고 난 온종일 리강석을 볼 수가 없었어. 선생님께서는 리강석이 몸이 아파서 결석했다고 하셨어. 그 말을 듣는 순간 나는 갑자기 무서운 기분이 들었어. 왠지 나 때문에 몸이 아프게 된 것 같아서 마음이 좋지 않았던 거야.

나는 결국 리강석에게 사과를 하지 못하고 수업을 마치게 되었지. 그리고 이제 내일이면 리강석은 우리 학교 체험기간이 끝나서 더는 만날 수 없게 돼. 혹시라도 리강석을 보지 못하면, 난 영영 미안한 마음을 가지고 살아야 할 것만 같았어. 집으로 가는 걸음걸이가 힘들어지기 시작하더라. 기운이 빠져서 등도 굽고 보폭도 짧아졌지. 그때, 내 눈앞에 마침 꽃 파는 가게가 나타났어. 그 가게를 보는데, 내가 깨버린 리강석의 화분이 생각난 건 왜일까? 그래서 난 새 화분을 선물하고 싶어졌어. 내 선물을 받고, 리강석의 마음이 풀어지고 아픈 것도 다 나았으면 좋겠다는 생각이 들었거든. 내가 가게 안으로 들어서니, 가게 안에서 꽃을 파는 언니가 내게 먼저 말을 건넸어.

"꼬마 아가씨, 꽃 사러 왔니? 무슨 꽃 줄까?"

그때 갑자기 리강석이 화분에 키우던 꽃 이름이 생각난 건 정말 다행이었어.

"돌잔꽃이요, 친구한테 잘못해서 화해하고 싶은데, 친구가 그 꽃을 좋아하거든요"

언니는 골똘히 뭔가를 생각하는 것 같았어. 그리고는 내게 잠시만 기다리라하고, 어딘가를 다녀왔지. 잠시 후엔, 네가 키우던 그 꽃을 손에 쥐고 와서 정성스레 화분에 담아줬어. 그리고 내게 말해줬지.

"이 꽃은 개망초라고 해. 북한에선 돌잔꽃이라 불리는데, 네가 그 이름을 어떻게 알았는지 모르겠네?"라고 말이야. 나는 화분을 받아들고, 언니에게 가격을 물어봤지. 그런데 언니는 웃으면서 내게 말했어.

"이 꽃은 풀이 많은 자라는 곳에 가면 얼마든지 피어 있어. 나는 아까 이것을 따러 갔다 온 거야. 이 꽃은 파는 것이 아니니, 그냥 가져가도 돼. 친구랑 화해하는 데 필요한 것이니 화분은 언니가 선물로 줄게."

나는 가슴이 두근거렸어. 왠지 정말 리강석과 화해를 할 수 있을 것만 같은 생각이 들었거든. 그리고 언니에게 고맙다는 인사를 하고 나오는데, 갑자기 이 꽃의 꽃말이 궁금해진 거야. 그래서 다시 가게로 들어가 언니에게 살짝 물어봤지.

"언니, 그런데 이 꽃의 꽃말이 뭐예요?"

내가 물어보니, 언니가 웃는 얼굴로 내 머릴 쓰다듬으며 말해줬어.

"화해, 그 꽃의 꽃말은 화해야. 아마 그 꽃을 주면 친구랑 꼭 화해할 수 있을걸?!"

너무 신기했어. 꽃이 내 마음이랑 똑같았으니까. 나는 내일 이 꽃이 담긴 화분을, 리강석에게 선물할 거야. 내일은 리강석이 꼭 학교에 나와서, 내 사과를 받아줬으면 좋겠어.

"강석아, 내일은 학교에 나올 거지? 그래서 네 짝꿍, 이 마송지의 사과를 받아주지 않을래?"

- 끝.

융합적 사고와 표현

워크북

자신의 전공 분야에서 글쓰기가 필요한 이유와 구체적 사례를 기술하시오.

일상에서 내가 가장 많이 하는 글쓰기는 어떠한 글인지 기술하시오.

자신의 전공 분야에서 말하기가 필요한 이유와 구체적 사례를 기술하시오.

일상에서 내가 가장 많이 하는 말하기는 어떠한 말인지 기술하시오.

다음 중 올바르게 표기된 맞춤법을 찾아보자.

① '-는지'와 '-런지(른지)'

② '같아'와 '같애'

③ '알맞은'과 '알맞는'

④ '오랜만에'와 '오랫만에'

⑤ '어떻게'와 '어떡해'

⑥ '김치찌개'와 '김치찌게'

⑦ '사단'과 '사달'

⑧ '정한수'와 '정화수'

⑨ '뇌졸중'과 '뇌졸증'

⑩ '대가'와 '댓가'

⑪ '금세'와 '금새'

⑫ '대물림'과 '되물림'

⑬ '대갚음'과 '되갚음'

⑭ '얻다 대고'와 '어따 대고'

⑮ '재떨이'와 '재털이'

글쓰기와 읽기

가장 좋아하는 글의 종류는 무엇인가.

감명을 받았던 책과 그 이유는 무엇인가.

말하기

일상에서 자주 하는 말버릇은 무엇인가.

듣기 싫어하는 말에는 어떠한 것이 있는가.

살아오면서 가장 기뻤던 순간이나 사건을 서술하시오.

살아오면서 가장 슬펐던 순간이나 사건을 서술하시오.

살아오면서 가장 힘이 되었던 말을 서술하시오.

살아오면서 가장 힘들게 했던 말을 서술하시오.

글쓰기

성장 과정

성격의 장단점

지원 동기

장래 포부

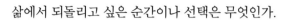

자전적 글쓰기

삶에서 되돌리고 싶은 순간이나 선택은 무엇인가.

나는 삶을 주체적으로 이끄는 편인가, 타인에게 수동적으로 이끌리는 편인가.

나의 묘비명에는 어떠한 글귀가 적히기를 바라는가.

내가 유서를 쓴다면, 어떠한 유언을 남길 것인가.

나는 어떤 삶을 살고 싶은가.

내 삶에서 가장 소중한 것은 무엇인가.

선의의 거짓말은 필요한 것인가?

타인의 말을 경청한 사례를 서술하시오.

자전적 글쓰기

나의 일상의 순간이나 사건을 한편의 시로 표현하시오.

마지막으로 남기고 싶은 유서 작성하기.